Beate Schulz
mai 1990

Guido Morselli

Dissipatio humani generis
oder
Die Einsamkeit

Roman

Aus dem Italienischen von
Ragni Maria Gschwend

Insel Verlag

Die Originalausgabe erschien 1977 unter dem
Titel *Dissipatio H.G.*

Erste Auflage 1990

Druck: Wilhelm Röck, Weinsberg
Printed in Germany

Dissipatio humani generis
oder
Die Einsamkeit

I

Akustisch-visuelle Relikte leisten mir Gesellschaft – und sie sind das, was mir am unmittelbarsten von »ihnen« bleibt. Zwei rein verbale (aus Rundfunknachrichten, nehme ich an): Mißlungene Flugzeugentführung und geglückte Vergewaltigung eines Mädchens in einer Maschine der Olympic Airways. Und die andere auf englisch, vielleicht von der wenig seriösen Voice of Europe: *A favorite Polish joke goes, we feign to work, the State feigns to pay us.* Und zwei Bilder: eine Flasche mit einer Königskrone und der Aufschrift in Rot: Seagram's Canadian Whisky. Das kleine weiße Viereck des Tennisplatzes hinter dem Hotel Bellevue im Ausschnitt meines Fernglases. Dem spontanen Gedächtnis bietet sich nichts anderes an, und diese Erinnerungen treiben darin, beharrlich und willkürlich.

Haltlose Relikte und nunmehr schon Reliquien. Seit jener Nacht ist bereits ein halber Monat vergangen, ich könnte genausogut sagen: ein halbes Jahrhundert. Eine lange Panik am Anfang. Und dann ungläubiges Staunen, das sich aber gleich wieder legte, und schließlich von neuem Angst. Jetzt die Anpassung. Resignation? Ich würde eher sagen: Akzeptierung. Mit Intervallen von anmaßender Heiterkeit und wilder Erleichterung.

Ich komme aus dem Gebäude der Zeitung. Als junger Mann habe ich hier gearbeitet, und ich bin hierher zurückgegangen, durch das ganze Haus gelaufen, um eine Bestätigung zu erhalten. Die Bestätigung fand sich: Ich habe immer noch die absurde Bewegung der Linotypes vor Augen, deren Skelettarme nicht aufhören, sich – wer weiß, wie – zu heben und zu senken. Als »sie« verschwanden (um zwei Uhr früh), war das der Arbeitsstand: in der Druckerei die Setzer an den Linotypes, die Rotationsmaschinen noch nicht in Betrieb; oben die Redaktion, die die letzten Nachrichten durchging. Die Agenturmeldungen sind unbeendet in den Fernschreibern geblieben (und ich habe mir nicht die Mühe gemacht, sie zu lesen, ich habe gesehen, daß sie abbrachen: Die Botschaften wurden am anderen Ende des Telex eingestellt; hier verlief alles ordnungsgemäß). In ihrer Vorzugsbox die IBM mit den noch brennenden roten Kontrollampen. Im übrigen sind die Räume des Zeitungsgebäudes erleuchtet; im Büro der Redaktionssekretärin – seit eh und je das Fräulein Manass – surrt immer noch ein kleiner Ventilator auf dem Tisch. Sie war dabei, etwas zu schreiben, der Füller liegt quer zum Blatt, als sei er ihr aus der Hand gefallen. Aber der Stuhl ist nicht umgestürzt. Ja, er ist nicht einmal vom Schreibtisch weggerückt. Wie hat das Fräulein Manass es angestellt zu verschwinden?

Meine, gebührend weltliche, Zeitung hat ihren Sitz (hatte ihn) gegenüber dem des lutherischen Bischofs. Zu meiner Zeit war Bischof der Doktor Burg, ein kleines Männchen, das ich nur vom Sehen kannte, das sich aber, wenn wir einander begegneten, stets die Mühe machte, mich als erster zu grüßen. Der Bischofssitz, ein Gebäude im österreichischen Spätbarock, ist heute wie ausgestorben. In einer Nische an der Ecke des Gebäudes sehe ich einen Klingelzug, unter dem in höflichen gotischen Lettern steht: »In Notfällen jederzeit läuten«. Ich ziehe am Griff, eine unsichtbare Klingel durchschneidet mit ihrem sonntäglichen Ton die schwüle Luft. Ich läute noch einmal. Der Bischof wird auf Pastoralvisite sein oder in Ferien; oder auch er ist verschwunden, samt seinen Akoluthen und seinen Gläubigen – wie die anderen, wie alle. Wie die Hüter der bestehenden Ordnung. Weiter vorn erkenne ich die Polizeistation an der Theaterstraße. Ich gehe hinein: Ich streife durch die Räume in den zwei Stockwerken, von der Wachstube bis zur Telefonzentrale. Kein Mensch. An der Ecke des Neuen Zolls ein aufgespannter Damenschirm umgekippt auf dem Boden und eine Handtasche. Ein Taxi steht am Gehsteig vor einer kleinen Villa. Ich hebe die Handtasche auf, ein Scheckheft ist darin, eine echte Remontoir-Uhr, aus der Zeit, sie steht auf zwei und trägt die eingravierte Widmung: »To Meggy Weiss Lo Surdo. Happy hours.« Die reizende Meggy kommt spät nach Haus, von einem Abend bei Freunden (oder dem Freund): Sie will gerade durchs Gartentor, als etwas passiert, was sie dazu zwingt, mit einemmal wieder wegzugehen, unter Zurücklassung der irdischen Güter, die sie in ihrer Handtasche mit sich führt.

Denselben dringenden, unaufschiebbaren, herrischen, aber unparteiischen Appell hat der einfache Taxifahrer vernommen. Auch er gehorcht, unter Zurücklassung dessen, was für ihn das Wertvollste ist: seines Autos.

Ich liebe Chrysopolis nicht, ja ich kann es nicht ausstehen. In dieser Stadt habe ich meinen Antityp entdeckt, die triumphale Durchsetzung all dessen, was ich ablehne; ich habe sie zum Mittelpunkt meiner Verabscheuung der Welt erwählt: ein *caput mundi* im negativen Sinn. Meine *fuga saeculi* war, schon damals, Flucht aus dieser präzisen Lokalisierung des »Jahrhunderts«. Und doch wirkt die Situation, mit der ich mich konfrontiert sehe, unglaubhaft und düster.

Chrysopolis ist leer. Ordentlich, ruhig, auf den Straßen, auf den Plätzen, auf den Quais wie im Zentrum, so wie es in jener Nacht um zwei Uhr gewesen sein muß – aber leer. Wie viele waren es? Vierhunderttausend, vierhundertzwanzigtausend. Wie auch immer, sie *waren*.

Ich bin auf der Suche nach ein paar tausend Verschwundenen hergekommen. Den Bewohnern meines Tals. Und hier finde ich den Mega-Exodus, die Desertation en masse.

Ein (unvorstellbares) Ereignis hat auch hier die Leute im Schlaf überrascht: Die nächtliche Unterbrechung des kollektiven Lebens hat sich einfach verlängert, auf unbestimmte Zeit verlängert. Denn wenn ich sie mir auch weiterhin als geflohen vorstelle, in Wirklichkeit sind sie nicht geflohen wie die Menschen von Pompeji. Und sie wurden auch nicht zu Asche reduziert wie die von Hiroshima. Sie sind auf irgendeine andere Weise gegangen. Geraubt. Extrahiert, hinausgetrieben aus ihren Häusern und sonstigen Sitzen. Aus ihren Körpern – vielleicht.

Nein. Aus ihren Körpern, scheint es, nicht. Von Körpern findet sich unter dem leichten Juniregen keine Spur in Chrysopolis. Es bleibt, was zwar auch körperlich ist, aber nicht organisch. Der Alltagsabfall auf den Straßen, die alten Kinokarten, die leeren Zigarettenschachteln; es bleiben die Neonreklamen (und sie sind eingeschaltet), die Wasserstrahlen der Brunnen, die Autos, aufgereiht vor den Gebäuden, auf den Flächen des Parkplatzes. Die Goldstadt ist intakt. Die Entwichenen (oder die Kräfte, die sie zum Entweichen zwangen) haben nichts mitgenommen. Weder die Tischchen vor dem Café Odéon noch seine Jugendstilfassade weisen irgendwelche Spuren von Gewaltanwendung auf. Auch nicht die Fensterscheiben, hinter denen vor tausend Jahren Trotzki mit seiner Frau und Lenin saßen.

Es bleibt auch, was organisch und lebendig ist, aber nicht menschlich. Die Geometrie der Tulpen vor dem Hotel Esplanade und die Akazien, die sich unter der Last ihrer Blüten biegen. Der berühmte Jasmin, oder Gymnospermus, der sich von der mitten im Zentrum gelegenen Villa des Barons Aaron ergießt. Die Raben auf dem Giebel des Nationaltheaters, die Katzen, in Rudeln, auf den Stufen des Crédit Financier und der Diskontbank.

Die Katzen jagen sich zu Füßen der Finanzmonumente Mitteleuropas beziehungsweise des Kontinents. Sie paaren sich mit widerwärtigem Geschrei. Aber es gibt nicht nur die Katzen. Vor den Gittern der großartigen Bankunion – zu meiner Zeit behauptete jemand, sie seien aus Edelmetall – habe ich Vogelkot bemerkt und gedacht, es handle sich um Tauben. Es war ein Huhn. Es scharrte in einem Haufen nassen Laubs, und ich muß gestehen, daß sein Anblick einen Schock bei mir ausgelöst hat. Ein Huhn. Wenn die Pferde der Apokalypse über dieses Pflaster getrabt wären – es hätte mich nicht so getroffen.

Und jetzt der Rückweg. Ich trat mit erschrockener Wut aufs Gaspedal, ich, der kaum fahren kann. Auf vierzig Kilometern Ebene nicht mehr als ein Dutzend Autos, alle von der Straße abgekommen. Ich halte an der Stelle, wo ich auf dem Herweg einen Reisebus gesehen habe, der gegen eine Betonabstützung geprallt ist. Der Wagen ist völlig demoliert, Fenster und Sitze in Trümmern, aber es gibt kein Anzeichen dafür, daß seine Insassen Schaden erlitten hätten. Und mir kommt die absurde Idee: Es gab da drin überhaupt keinen Insassen mehr, nicht einmal den Fahrer, als der Wagen zerschellte. »Vorher« waren es die Autounfälle, die das Leben nahmen: In jenem Augenblick war es die Wegnahme des Lebens gewesen (sein Verschwinden, seine Auflösung), die den Unfall hervorgerufen hatte. Das Opfer ist der Autobus, und nur er. Weiter vorn, in einer Wiese, ein Lieferwagen der Post, mit den Rädern nach oben, und aus den Türen sind Säcke herausgefallen: »Eingeschriebene Wertsendungen«. Neben dem Fahrersitz ein Gewehr; ein Gendarm hat den Wagen begleitet. Auch er ist verschwunden, doch die über den Rasen verstreuten Wertsendungen laufen keinerlei Gefahr. Auf derselben Wiese steht aufrecht und fest eine elektrische Lokomotive, aus dem Geleise gesprungen, das parallel zur Straße verläuft. Der übrige Zug steht auf den Schienen. Mir ist eingefallen, daß, als ich ein Kind war, die Bauern in dieser Gegend die

Eisenbahnwaggons »die grauen Kühe« nannten. Jetzt weiden die grauen Kühe friedlich, die Kilowatt wie die PS kehren in die Natur zurück. Ungezähmt.

Dann endet die Ebene, die Berge schließen sich um mich. Kurve auf Kurve fahre ich hinauf ins Reich der Eichen und der Buchen und der Kastanien mit ihren ausladenden Kronen, bis mich das hochaufragende Geschlecht empfängt, in dessen Wipfeln der Nebel hängt. Meine Familie, die einzige und die wahre dazu; immer wieder habe ich sie bei der Heimkehr begrüßt. Und für einen Augenblick erfüllt mich, wie bei jeder Heimkehr, eine Freude, die aus den Lungen und aus dem Blut kommt, ein organisches Gefühl. Die Heimat: die Häuser aus schwarzem Holz, mit ihren roten, weißumrandeten Fensterläden, und die Abendluft, die sich belebt und mit Duft erfüllt. Doch mein Tal, das ich hinauffahre, ist verlassen, in den Häusern brennt kein Licht. Ich kann auch das Licht am Auto ausmachen, ich werde niemandem begegnen, niemand wird mir ausweichen müssen. Ich werde kein Gesicht sehen, ich werde keine Stimme hören.

Und das erscheint mir ungerecht und gemein. In der Stadt war ich Zuschauer, hier muß ich leben.

Wohin sind sie gegangen? Warum sind sie gegangen?

In der Vergangenheit habe ich das Loblied dieser Bergbewohner gesungen: die nicht emigriert sind, wie die aus den Nachbartälern, und eine beharrliche Liebe zu ihrem Stück Heimat bewiesen, eine fast biologische Anhänglichkeit – in Zeiten, in denen das Gebirge noch kein Industrieunternehmen darstellte und auch der Schnee noch keinen wertvollen Rohstoff. Als sich die Goldmine des Fremdenverkehrs auftat, waren nicht sie es, die sie ausbeuteten, sondern die Bewohner der Ebene, die hier heraufkamen, um Hotels, Ferienhäuser und Eisenbahnen zu bauen und inzwischen auch noch Seilbahnen und Schilifte. Sie, die Einheimischen, halten sich am Rand und haben für die Gäste allenfalls ein ironisches Mitleid übrig, das sich im Winter gegenüber den Vergötterern des Slaloms noch verstärkt. Ich schrieb damals: Sie ziehen müde mit dem Vieh und mit ihren Körben auf dem Rücken unter den Lampen des Victoria und des Bellevue vorbei, an den Swimmingpools und Minigolfs entlang, und in ihren Augen liegen der gleiche Überdruß und die gleiche Resignation, die die Bewohner des noch heidnischen römischen Umlands im Jahrhundert Konstantins angesichts der Basiliken der neuen Religion empfanden.

Jetzt erscheint mir dieses Loblied höchst unverdient. Auch sie sind desertiert. Es will mir nicht gelingen, mir einen außernatürlichen Zwang vorzustellen. Auch sie sind, wie die Einwohner von Chrysopolis, einem Massenwahn erlegen, gegen den *sie* jedoch hätten immun sein können. Oder einem Befehl, dem *sie* sich jedoch hätten widersetzen müssen. Sie sind zu Komplizen geworden; es gab keine Macht, keine Obrigkeit, die sie hätte zwingen können.

Ich erlaube mir eine kümmerliche Hoffnung: daß meine »Hüter«, wenigstens die, sich sehen lassen. Frieda und Hans. Sie teilten zwischen mir und ihren Kühen und Ziegen eine wachsame Fürsorge, keine zärtliche, vielleicht aber liebevolle. Werde ich sie dort oben wiederfinden, wie sie, schmollend, unter der Tür auf mich warten? Schon seit Tagen habe ich sie nicht mehr gesehen. Gestern mußte ich die Stalltür aufmachen, um die halbverhungerten Tiere herauszulassen.

Widmad ist ohne Leben. Die Fahnen, in einer Reihe auf der Terrasse des Kursaals, flattern fröhlich: stumpfsinnigerweise nur für mich. Wie die Geranien, die die Fassade des kleinen Rathauses bedecken, und die Ampel, die an der Einmündung zum Marktplatz blinkt. Der nasse Asphalt spiegelt die Lichter, die Stuckfassaden der großen Hotels: nur für mich.

Ich stelle das Auto mitten auf der Straße ab; es wird niemandem im Wege sein. Das Schweigen des Motors läßt mich noch mehr allein, mich, der ich dieses Geräusch nie ausstehen konnte.

Ich mache mich auf den Weg nach Hause.

Fünfzig Minuten Anstieg, in einer Stille, die mich bis vor ein paar Tagen noch erregt hat, auf einem Pfad zwischen Lärchen und Tannen. Ich komme nur mühsam voran. Ich bin müde. Ich spitze die Ohren, spähe um mich. Ich habe Angst.

II

Ein Hund trottete hinter mir her, ein Spaniel, mit diesem moosigen Geruch, den die Luxushunde im Regen annehmen, und er schleifte traurig seine Leine nach. Wahrscheinlich ausgehungert wie das Vieh von Frieda und Hans; wenig später habe ich ihn wieder aus den Augen verloren. Die Seilbahnstation, das Hotel Zemmi. Ich lese, zum tausendstenmal, die roten, gelben, grünen Holzschildchen, die dort, wo sich die kleine Straße in verschiedene Wege gabelt, die einzelnen Wanderungen anzeigen. Ich nehme den steilsten, den meinen: den, der mir seit vier Jahren mein Privileg erschließt, außerhalb und oberhalb zu leben, allein zu leben. Aber jetzt habe ich Angst.

Im Abstand von Tagen denke ich über diese Angst nach.

Es war, zunächst, kein Nervenzusammenbruch, sondern ein reflektiertes Erschrecken, in das meine kritischen Fähigkeiten einflossen, einstimmten, jene, die sich normalerweise der Angst entgegenstellen. Oder mein – vergewaltigter – gesunder Menschenverstand. Eine von Vernunft getragene Angst, die mit schwarzer Luzidität die Situation rekapitulierte, der Situation angemessen war. Erst später ist die Panik gekommen.

Ich denke darüber nach, und ich rechtfertige mich. Das Unerklärliche ist nicht das Unbekannte und auch nicht das Geheimnisvolle, etwas, von dem wir angezogen werden (vielleicht weil es den Vorzug hat, in gebührendem Abstand von uns zu hausen). Es ist etwas anderes, das, sobald es eine gewisse Ausdehnung und Festigkeit annimmt, unsere vitalen Schemata sprengt. An das Wunderbare hätte ich mich gewöhnt. Auf das Absurde habe ich physiologisch reagiert; da ich es nicht ignorieren konnte, habe ich es, in seiner Wucht und Unmittelbarkeit, als Angriff empfunden und mich in die Erstarrung geflüchtet. Ich überließ mich einem Atavismus. Angesichts der Bedrohung verhält sich ein wehrloses Tier so: Es erstarrt.

Jenen Abend, die Nacht, den nächsten Tag verharrte ich in absoluter Untätigkeit. Keinerlei Fluchtversuch; das unterdrückte Trauma manifestierte sich in Lähmung. Eingeschlossen in meine vier Räume, Türen und Fenster verrammelt (in einem bestimmten Moment hatte ich den Einfall, mich zu verbarrikadieren), habe ich darauf gewartet, daß *es* mich erreiche und treffe. Mich erledige, da doch ich allein nicht ausgespart bleiben konnte. Auch ich war verurteilt; außerhalb dieser Mauern herrschte das Fluidum des Todes, und ich war darin eingetaucht wie unter einer Glocke auf dem Meeresgrund. Es würde hereindringen, durch Osmose, durch die Wände hindurch. Eine klare und bewußte, keine den Verstand ausschaltende Angst, die mich ganz bei mir selbst sein ließ. Von Zeit zu Zeit horchte ich mit angehaltenem Atem, ohne Symptome von Halluzination, völlig kühl, ob sich nicht das Rascheln von riesigen Tieren vernehmen ließe (den Sauriern der Urzeit, den Riesenechsen des Kreidezeitalters), die das Haus umlauerten. Ein paar Dinge versuchte ich dann doch, das psychische Absacken blockierte mich nicht körperlich: Am zweiten Tag setzte ich mich an die Schreibmaschine; ich dachte, die Anmerkungen für die Revision einer Arbeit von mir abzuschreiben, auf die der Verleger seit letztem Jahr wartet. (Diesem Buch sollte ich, auf eindeutig groteske Weise, am dritten Tag schließlich meine Befreiung aus dem Alptraum verdanken.) Ich setzte mich also am Nachmittag an die Maschine, doch ohne sie zu berühren. Das Klappern der Tasten hätte mich umgeworfen. Oder es war wie eine abergläubisch empfundene Pflicht, das Schweigen nicht zu brechen. Um mir einen Kaffee zu kochen, schlich ich mich auf Zehenspitzen in die Küche. Draußen, auf dem Vorplatz, trommelte lautstark der Regen, aber ich durfte kein Geräusch machen. Ich mußte, wie die *anderen*, tot sein. Meine Funktionen: normal. Ich aß mit Hunger, sogar gierig, während der Schrecken anhielt, denn es gab keine Intervalle, und ich erschauderte beim Essen, im Rhythmus meines Kauens. Ich schlief, und zwar, merkwürdig zu sagen, ohne Träume. Ich rauchte ein paar Pfeifen, ich trank Kognak in dem gewohnten Maß. Ich urinierte mehr als sonst; die Angst, das ist bekannt, schlägt sich auf den Ausscheidungsapparat. Auch wenn die Angst zur Notwendigkeit wird und dem Individuum in Fleisch und Blut übergeht, wie es bei mir der Fall war.

Es sind, vor der entscheidenden Krise, zwei Tage vergangen, nicht mehr und auch die nicht ganz. Was die Erfahrung angeht: ein Vorgeschmack von Ewigkeit.

Und doch, das Unerklärliche ist durch mein eigenes Tun eingeleitet worden. Zumindest fielen die Ereignisse (zu Beginn) mit einem ganz privaten, persönlichen Ereignis zusammen; eine nicht zufällige Koinzidenz, wage ich zu denken.

Die unglaubliche Nacht vom 1. auf den 2. Juni. In jener Nacht, das war beschlossen, würde ich mich umbringen.

Warum?

Weil das Negative das Positive überwog. In meiner Bilanz. Um siebzig Prozent. Ein banales, gewöhnliches Motiv? Da bin ich mir nicht sicher.

Was die Buchhaltergenauigkeit angeht, muß ich sagen, daß mein Seelenleben karg ist. Auch im Sinn von schlicht, von elementar. *Es eignet sich zur Buchhaltung:* Die unbewußten Frustrationen und das Pathos der Eingeweide, die dunklen Leiden, die den modernen Menschen ausmachen sollen, die, das muß ich gestehen, finde ich bei mir nicht.

Ein Kollege pflegte mir »reduktionistische Kritik« vorzuwerfen. Ich habe immer wieder erklärt (»toutes choses sont déjà dites, mais comme personne n'écoute il faut toujours recommencer«), daß der – für die heutige Literatur so typische – innere Monolog, in dem zwischen haarfeinen Inspektionen des Ichs und Pseudo-Auseinandersetzungen mit dem Nicht-Ich die unbewußten Leiden und die Verkrampfungen der Eingeweide zum Ausdruck kommen, bestätigt, daß wir festgenagelt sind auf den Psychologismus des Sub-Fühlens und Sub-Denkens, der bereits vor hundert Jahren affektiert (und langweilig) war. Aber wenn sich irgend jemand mit meinem individuellen Fall beschäftigen würde, verfiele er bestimmt nicht auf den Psychologismus. Er müßte reduktionistisch vorgehen, zwangsläufig.

Ich hatte beschlossen, mich umzubringen, vor allem weil ich Opfer einer Mafia war. Und vor der Mafia gibt es kein Entrinnen, das wußte ich.

Es begann mit einer Krankheit. Einer körperlichen, nicht einer geistigen, einer echten, nicht einer eingebildeten; einer zur Chronifizierung neigenden. Einer jener Krankheiten jedoch, die einen am Leben lassen und die, wenn sie mit ein bißchen Menschlichkeit behandelt werden, auch ausheilen. In Wirklichkeit befand ich mich bereits auf dem Weg der Genesung. Der Arzt, in Chrysopolis, der mich hätte behandeln sollen, schickte mich jedoch zu einem Spezialisten und der Spezialist zu einem Radiologen, der einen Spezialisten Nr. 2 hinzuzog und dieser wieder einen Radiologen Nr. 2, der einige Tests verordnete (oh, nur 11, vom Wassermann bis zur BSG), in einer Klinik, ebenfalls in Chrysopolis. Nach dem letzten dieser Tests wurde mir zu einer Reihe von Laboruntersuchungen geraten, in deren Folge ein Spezialist (Nr. 3) einen entsprechenden Radiologen (Nr. 3) erforderlich machte. Und so ging es weiter, paarweise, nein, zu dreien (Spezialist, Radiologe, Klinik mit Test und Labor, kurzer Aufenthalt), in exponentieller Progression, bis vor wenigen Wochen: mit einem Gesamtaufwand – innerhalb von 2 Jahren und 8 Monaten – von 12 Spezialisten, 12 Radiologen, 33 Testzyklen und 27 Serien verschiedenster Laboruntersuchungen. Dinge, wie sie Millionen von Opfern bekannt sind, mit denen ich in die Fänge der »Früherkennungs«-Bande geraten war. Das Phänomen wird, da es Teil des Systems ist (im Sinn von Marcuse), von der Soziologie wohlwollend hingenommen beziehungsweise ignoriert oder jedenfalls nicht denunziert, aber es trägt die präzisen Merkmale der mafiosen Erpressung. Die Krankheit ist zu Beginn nicht ernst, aber offensichtlich kann sie es werden, also muß man sie »verfolgen«, muß häufig medizinische Aktivitäten entfalten, um »aus diagnostischer Sicht« festzustellen, ob eventuelle Degenerationen zu beobachten sind. Aber – fragt sich das (passive) Subjekt – wozu eigentlich, wenn doch die »eventuellen Degenerationen«, wo immer sie auftreten mögen, unheilbar sind und ungeheilt bleiben? Alle drei Monate zwingt ihr mich zur Erwartung des Urteils: »positiv oder negativ«. Wozu? Denn wenn »positiv«, heißt das dann nicht langsame und sichere Agonie, bei vollem Bewußtsein und ohne Abhilfe?

Das Ziel? *Patet,* es liegt vor Augen: nicht so sehr die Hunderte von Milliarden als die Macht. Die massenhafte Versklavung von Männern und Frauen durch eine Klasse. Oder einen Clan, einen Stand. Es geht mir jetzt nicht mehr darum zu dramatisieren; aber ich könnte mir vorstellen, daß die kapitalistische Ausbeutung (Eigentümer gegen Arbeiter) ein nettes Gesellschaftsspiel darstellt im qualitativen Vergleich mit dieser anderen Zwangsunterwerfung. Dieser unvermeidlichen: Um Flucht auszuschließen, schreckt man vor der schmierigsten und grausamsten aller Erpressungen nicht zurück.

So gründet diese Industrie auf einer eisernen Basis. Sie ist keinen Konjunkturstürzen unterworfen. Sie ist streng solidarisch nach innen. Sie erleidet keine Konkurrenz von außen. Keinerlei Krisen, für sie.

Für uns, für mich schon: in meinem Fall eine Krise, die ich Ekel nennen müßte. Der mich selbst einschloß. Es gab Morgenstunden, in denen ich beim Rasieren versuchte, mich nicht im Spiegel zu sehen.

Wenn einer vom Balkon springt oder sich unter den Zug wirft, dann ist das ein psychisch-motorischer Mechanismus, versteht sich – der allein jedoch nicht genügt. Es muß dafür einen »Auslöser« geben: sagte der alte Durkheim, der nicht ohne Scharfsinn war.

Betrachte ich meinen Fall historisch, so registriere ich im vergangenen Herbst, ein paar hundert Schritt von meinem Zufluchtsort (auf 1395 Metern ü.d.M.), das Auftauchen von Pfählen, Pflöcken, Höhenmessern. Ich bekam Fieber. Buchstäblich. Keuchende Erkundigungen, Beratungen mit den informierten Freunden in Chrysopolis. (Ich habe ihr den Namen Chrysopolis, Goldstadt, gegeben, aber sie ist vor allem auch das Operationszentrum des Landes: wo die Entscheidungen getroffen werden, insbesondere die schändlichen Entscheidungen.) Todesnachrichten. Eine infame »Euro-Autoroute«, *Société anonyme*, bekanntermaßen eingetragen unter den Namen zweier riesengroßer lokaler Unternehmer, plante die kontinentale Verkehrsader Le Havre–Athen. In ihrem alpinen Abschnitt würde die »Ader« das Gebiet von Widmad-Lewrosen »tangieren«. Vorgesehen waren: ein riesiger Tunnel, der im oberen Tal münden sollte, diverse »Kunstwerke«, darunter ein »kühnes Viadukt« aus Stahlbeton über den Gebirgsfluß Zemmi (*meinen* Zemmi!) sowie Zubringer und Auffahrten. Und ein Motel.

Um es mit Durkheim zu sagen, das war der Auslöser.

Auch wenn er nicht unmittelbar wirkte. Es verging der Winter, der Frühling kam, der hier herobon spät beginnt und bezaubernd ist. Für mich, mit diesen rot-weißen Pflöcken vor der Nase, traurig. Mein Entschluß war gereift, zwar mit betulichem und ein bißchen komischem Zögern in der Wahl der Details, aber gewissenhaft und ruhig.

Weggehen also, ohne eine Spur zu hinterlassen. Das erschien mir wesentlich. Wenn sich die Leute hinterher damit beschäftigten, sollten sie von meiner definitiven Unauffindbarkeit überzeugt sein. Besser: von einem geheimnisvollen Auslöschen, einer Auflösung im Nichts.

Der brave Hans, mein Nachbar und Wächter (oder Hüter), der Mann meiner Haushälterin Frieda, hatte mich, ohne es zu wollen, auf den Ort gebracht. Er kannte eine bestimmte Höhle, dort oben in den Ausläufern der Karessa, die er entdeckt hatte und die von Specologen (oder Speläologen; ich weiß nicht genau, wie sie sich nennen) in späteren Exkursionen erforscht worden war. Was den Zeitpunkt betrifft, den ich zwischen den 1. und den 2. Juni gelegt hatte, so gab es dafür einen besonderen Grund. Ich bin am 2. Juni mittags geboren; ich wollte vermeiden, vierzig Jahre alt zu werden. Der vierzigste Geburtstag ist die Stufe, die von der Reife zum Alter hinabführt; ich wollte mich als Neununddreißigjähriger davonmachen, und sei es auch nur für das Einwohnermeldeamt.

Kurz nach Mitternacht bin ich aufgebrochen, ohne das Abendessen angerührt zu haben; am Haus meiner »Hüter« wollte ich auf Zehenspitzen vorbeischleichen. Doch Hans stand da, unter der Tür. »Was machst du noch so spät?« Er kam aus dem Stall. Eine Ziege hatte sich losgerissen und die anderen Tiere gestört, die unruhig geworden waren. »Sie werden mir noch dabei helfen müssen, einen Verschlag für die Ziegen zu bauen. Ziegen und Kühe, das geht nicht zusammen.«

Ich gab keine Antwort, sondern schlug den Weg ein, der an unseren Wiesen vorbeiführt und sich dann im Dunkel der Tannen verliert. Eine Spirale nach unten (sagte ich mir im Gehen). Bis jetzt (sagte ich mir) bist du in deinem Leben schiefe Ebenen hinuntergegangen; jetzt stellt sich heraus, daß die Ebenen zum Schluß vertikal abfallen. Dein Leben endet trichterförmig. Eine eher akademische als banale Überlegung in diesem Augenblick. Aber ich war ausgehöhlt und ausgetrocknet wie ein Bimsstein, und mir gefiel das Bild vom Trichter, in den für mich die existentielle Kurve stürzte. Ich fühlte kein Bedauern, da alles ausgeschöpft war, keine Unsicherheit, da alles geplant war; und mein Habitus als Vereinfacherer sorgte für den Mut.

In Wirklichkeit mußte ich keineswegs absteigen, es ging vielmehr darum, hochzuklettern. Der Zugang zur Höhle liegt auf 1600 Metern, und der Weg führt fast senkrecht hinauf. Ich kam außer Atem an, aber sonst ohne Schwierigkeiten, und ich erkannte sofort die Öffnung des unterirdischen Gangs, den ich noch nie gesehen hatte. Nachdem ich die Taschenlampe an- und gleich wieder ausgeknipst hatte (ich brauchte sie nicht, ich bin nachtsichtig), kam ich bequem voran, es gab weder Stalaktiten noch (wie ich gefürchtet hatte) Fledermäuse, der Boden war eben und kaum rutschig. Fünfzig Minuten nach Mitternacht befand ich mich am Rand des Schachtes, einer großen, ovalen Öffnung, auf deren Grund Wasser stand. Es war genau so, wie Hans es beschrieben hatte: Der Schacht bildet eine Art liegendes S; nach einem kurzen abfallenden Stück steigt er ein paar Meter wieder an, danach kommt eine weitere Krümmung (das Ganze bildet einen natürlichen Siphon, in dem das Wasser stehen bleibt), schließlich geht es ein paar Dutzend Meter senkrecht hinunter bis zu einem kleinen

Becken oder See ohne Abfluß, dem »See der Einsamkeit«, der keine Verbindung nach draußen hat. Ich mußte mich nur hinuntergleiten lassen, in wenigen Minuten den Siphon überwinden und mich dann einfach fallen lassen. Aufrecht oder kopfüber, ganz nach Wahl. In den See. Drei oder vier Minuten später darin ertrinken.

Am Schachtrand sitzend, mit den Füßen im Dunkeln baumelnd, genehmigte ich mir einen Schluck Kognak. Ich hatte eine halbe Flasche bei mir. Um 1.15 Uhr ein kleiner Rutscher auf dem Hinterteil, und ich wäre drin; ein paar Stöße, um den Siphon zu durchschwimmen, dann hinauf und schließlich der endgültige Sprung. Doch um 1.30 Uhr auf meiner Armbanduhr saß ich immer noch da. Meditierend. Ich meditierte darüber, daß der spanische Kognak dem französischen Produkt nichts zu neiden habe. Warum? Weil – logisch – das Destillat der Weine mit hohem Zuckergehalt (ein Privileg der Länder des Südens) gar nicht anders als überlegen sein kann. Selbst die französischen »Premiers Bois« sind Trauben, die unter einer knauserigen Sonne wachsen. Und das neutralisiert den Vorteil des Reifens in den berühmten Fässern der Charente. Um 1.40 Uhr war ich zu dem Schluß gekommen: Der Ruhm der französischen Kognaks ist das Ergebnis einer kollektiven Suggestion, wenn auch einer jahrhundertealten. Oder, *tout court*, eines der vielen falschen Wunder der Reklame.

Nein. Dieses Meditieren über die Destillate hatte nichts Humoristisches für mich. (Man beachte, daß dem ersten Schluck keine weiteren gefolgt waren.)

Und es kaschierte im übrigen auch keine Angst. Ohne introspektive Anstrengungen war ich mir bewußt, daß ich ganz klar und ruhig war. Ich fühlte mich gut, auf seltsame, unverrückbare Weise gut. Der Ausklang entspricht diesem nicht vorhersehbaren Umstand. Ich habe nicht gehandelt. Ich bin ›gehandelt worden‹, vom organischen Sinn, was soviel heißt wie: 85 Kilogramm lebende Substanz gehorchten nicht. Auf ihre Weise mit der Anschauung vertraut, daß Sterben bedeute, die Materie zu wechseln, waren sie nicht bereit, die Materie zu wechseln.

Um 1.45 Uhr befand ich mich bereits auf dem Rückweg durch den unterirdischen Gang. Als ich hinauswollte, stieß ich voller Wucht mit dem Kopf gegen einen Felsvorsprung. Ein schrecklicher Stoß, der mir fast die Sinne nahm, und im selben Augenblick erschütterte das Krachen eines Donners das Tal, das so schwarz war wie die Höhle, die ich gerade verlassen hatte. Das erste Gewitter in dieser Jahreszeit.

Vielleicht wegen der Betäubung durch den Stoß gegen den Kopf habe ich mich im Weg geirrt. Nach einer Stunde Abstieg befand ich mich, anstatt zu Hause, vor einem Kiosk, wo im Sommer Getränke an die Spaziergänger verkauft werden. Natürlich geschlossen; aber davor steht ein Telefonhäuschen. Mir kam die Idee, mich seiner zu bedienen.

III

Ich habe die 333 gewählt, »Ein Freund in der Nacht«. Ironie? Das würde ich ausschließen. Und was die scheinheiligen Samaritanismen unserer Gesellschaft betrifft, die denen eine Hand reicht, die sie selbst, genau sie, in den Graben gestoßen hat, so sind das Gemeinplätze, auf die ich unter den gegebenen Umständen verzichten konnte. Nein, nichts anderes als die läppische Neugier, eine verschlafene Stimme zu hören (»Um was handelt es sich, nur Mut, mein Freund, sprechen Sie«) – und gleich wieder auflegen. Und um vorübergehend Schutz zu suchen: Es hatte angefangen, in Strömen zu regnen, ein eisiger Regen. Die 333 hat nicht geantwortet. Ein Defekt in der Leitung? Ich habe die Nummer 11 gewählt, die Zeitansage, und die leierte: »Es ist zwei Uhr und null Minuten. Es ist zwei Uhr und null Minuten. Es ist zwei Uhr und null ...«

Und null. Ich stieg wieder den Weg nach Hause hinauf – oder ich stieg wieder den Trichter hinauf. Keine Vorhaltungen, keine Selbstvorwürfe wegen Feigheit. Nur Überdruß, nichts weiter. Wer diese Aufschübe kennengelernt hat (Strafumwandlungen nannte ich sie, nach zwei vorangegangenen Erfahrungen), wird sich nicht wundern.

Auf dem Bett liegend, ohne mich ausgezogen zu haben, steif vor Kälte von den Füßen bis zu den Ohren, erschien mir die Sache mit dem Siphon oder mit dem Trichter nicht so dunkel und verworren, wie sie war. Höchstens als Ausflucht, und leicht theatralisch. Dabei hatte ich die Schlußlösung, glatt und sauber und so einfach, in Reichweite. Ich stand auf, um es zu holen, mein Mädchen mit dem Schwarzauge, und legte mich mit ihm wieder aufs Bett. Ich preßte meinen Mund auf den ihren, eine ganze Weile.

Ich kitzelte sie mit dem Finger, ein erstesmal. Nicht entschieden genug. Und ein zweitesmal, immer den Mund auf dem ihren. Kein drittesmal, denn plötzlich umfing mich die Finsternis. Und die Stille.

Ich war in Schlaf gesunken, in einen todesschweren Schlaf. Auch in einen geräuschvollen: Gegen Morgen schnarchte ich, daß die Scheiben zitterten. Ich sollte erklären, daß ich über ein Gerät verfüge, das jede Nacht die Geräusche, die ich im Schlaf von mir gebe, auf Band aufzeichnet. Aufzeichnungen, denen ich wesentlich interessantere Entdekkungen verdanke als der Traumdeutung Freuds. Ganz unterschiedliche Geräusche, Stöhnen, Lachen, direkte Anreden, Flüche, Rufe, Gebete eingeschlossen – ein Material von beträchtlichem Wert.

(Ich sollte erklären, sagte ich. Aber wem? Niemandem offensichtlich. Mich überzeugt die These nicht, daß jedes Sich-Ausdrücken, auch das privateste, ein Sich-Mitteilen einschließe. Dieses »Ich sollte erklären« schloß nichts und niemanden ein. An mich gerichtet, ist es ein funktionaler Pleonasmus. Er leistet mir Gesellschaft.)

Um neun Uhr morgens war ich wach; ich schob das Mädchen mit dem Schwarzauge, das frigid und nutzlos in meinem Bett gelegen hatte, von mir. Auf dem Kopfkissen eine Kruste von geronnenem Blut. Ich tastete mich ab: die Haare blutverklebt. Der Stoß gegen den Felsen, als ich die Siphon-Höhle verließ. Anscheinend nichts Ernstes. Ich machte mir das Frühstück, aß mit dem Hunger des Wiedererstandenen. Und während ich Brot und Butter, Marmelade, Honig, Milch und Kaffee in mich hineinschlang, durchstreifte ich mit den Augen mein Tal. Von der Telefonkabine aus hatte ich (in der Ferne, auf dem gegenüberliegenden Berghang) zwei Masten gesehen, deren Licht die Nacht durchdrang. Starr und aufrecht, in den Himmel gereckt.

Ich habe sehr gute Augen. Obwohl es stark regnet, entdecke ich von der Küche aus ein gutes Stück unterhalb der Fahrstraße, die zur Roßneralp hinaufführt, einen dunklen Gegenstand, halb von den Lärchen verdeckt. Ich kann erkennen, daß es sich um ein Auto handelt, um ein von der Straße abgekommenes, muß ich annehmen: Es steht auf den Hinterrädern, mit dem Kühler nach oben. Die Gegend ist einsam, auf der Straße kommt kaum jemand vorbei: In dem Auto könnte jemand sein, ein Verletzter, der sich nicht rühren kann. Also, sage ich mir, ich gehe hin. Und ich bin hinausgegangen, habe den Weg eingeschlagen, der zum Fluß hinunter- und dann auf der anderen Seite wieder hinaufführt. Schirm und Stock mit Eisenspitze, damit ich im Notfall die Autoscheiben einschlagen kann. Wahrscheinlich handelte ich aus Opposition zu den Scheinheiligen von 333. Oder wer weiß, vielleicht hatte ich den Vorsatz, auf gute Weise neu anzufangen, indem ich einem großherzigen Impuls folgte. (Neu anzufangen zu leben, schien es.) Zwanzig Minuten später stand ich am Fluß, und mein Vorsatz war verpufft, wenn es ihn je gegeben hatte. Unser Gebirgsfluß ist ein Gewässer, das viel »aufnimmt«, eine Stunde Regen genügt, um ihn anschwellen zu lassen; er rauschte mächtig. Wie ihn überqueren? Es gab keine Brükke, ich hätte von Steinbrocken zu Steinbrocken springen und dann ein felsiges Ufer hinaufklettern müssen. Im übrigen: Wenn ich Verletzte fände, wie sollte ich allein ihnen beistehen? Es würde mir nichts anderes übrigbleiben, als ins Dorf zu laufen und Hilfe zu holen. Da konnte ich genausogut gleich dorthin gehen.

Ich ging wieder nach Hause, um mich umzuziehen, denn ich war bis zu den Knien voll Dreck; ich trank einen heißen Kaffee und machte mich dann erneut auf den Weg. Ich hatte vor, die Gendarmen zu benachrichtigen, deren Posten sich, wenn man aus dem Roßtal kommt, gleich am Dorfeingang befindet. Es sind insgesamt zwei, und ich kenne sie; der Wachtmeister Rabost grüßt mich immer, wenn er mich trifft, und sagt: »Ah, der Herr Kollege vom Junggesellenklub! Aber Sie gehören freiwillig dazu, wir nicht.« – Um zehn Uhr war ich am Polizeiposten. Ich habe die Gendarmen nicht angetroffen und ging nach Widmad weiter. Ich habe niemanden angetroffen. Die Schaufenster der Geschäfte erleuchtet, die Straßenlaternen an (der Nebel?), aber nicht ein Passant, nicht ein Fahrzeug unterwegs. Das Haus des Rettungsdienstes verlassen, ebenso die Autowerkstätten, ebenso die Hotels. Ich glaubte zu begreifen: Danksagung. Der 2. Juni ist das nationale Danksagungsfest, ein Tag, an dem man fastet, betet, es wird weder gekauft noch verkauft, man geht nicht spazieren und nicht ins Stadion; die Lokale, Cafés und Restaurants bleiben geschlossen, und meine frommen Landsleute (völlig überzeugt, das neue auserwählte Volk zu sein) belohnen die Vorsehung für die Gnade, mit denen sie sie in überreichem Maße auszeichnet. Da kümmert man sich nicht um die Nöte des Nächsten; die Verletzten in dem umgestürzten Auto würden bis morgen warten müssen.

Die Zeitungen erscheinen jedoch auch am Danksagungsfest. Aber der Kiosk neben dem Bahnhof war geschlossen. Und der Bahnhof selbst, obwohl erleuchtet wie in der Nacht, leer und in Schweigen getaucht: nicht ein Reisender, nicht ein Eisenbahner. Ich setzte mich unter das Dach des Bahnsteigs. Dort wartete ich den ganzen restlichen Vormittag, ohne daß ich einen Zug gesehen hätte. Ein Streik?

Ach was. Man liest, daß unsere Züge sogar während des Großen Streiks im fernen Jahr 1919 verkehrten. Unsere Gesellschaft ist nicht nur fromm, sondern auch eine mit einwandfrei funktionierenden Dienstleistungen, und der Arbeitsfriede wird nie gefährdet – wobei zu untersuchen bliebe, ob das ein Zeichen der Zufriedenheit ist und der dankbaren Zuneigung der Arbeiter gegenüber dem System, in das sie sich mit soviel Eifer integrieren. Ich für mein Teil, als intellektuelle Monade ohne Öffnungen und ohne Verpflichtungen, habe mir die Frage nie gestellt, im Gegenteil: Ich huldigte stillschweigend der bürgerlichen Bonhomie (gepolstert mit Egoismus, gefüttert mit Optimismus, bestickt mit Nationalismus), dank deren sich die sozialen Sümpfe in kleine blaue Alpenseen verwandeln. Die Eisenbahnen sind keine Autostraßen, sie massakrieren die Landschaft nicht; mir genügt das.

Früher einmal hätte man mich als *Indifferentisten* abgestempelt, vor dreißig Jahren als *Démobilisateur.* Heute sind Etikettierungen dieser Art nicht mehr in Mode, zum Glück.

Tatsache ist (und das hebt jeder Fremdenverkehrsprospekt hervor), daß unsere Züge, seit es sie gibt, noch nie aufgehört haben zu verkehren. Ihr Ausbleiben, das Verschwinden des Personals in einer Bahnstation erster Kategorie wie Widmad-Lewrosen mußten mir seltsam erscheinen, doch es kam noch etwas nicht minder Seltsames hinzu: Als ich an der evangelischen Dreifaltigkeitskirche vorbeiging, versuchte ich das Portal zu öffnen und fand es hermetisch verschlossen. Ich versuchte es bei der kleinen katholischen Kirche Sankt Wilfridus: offen, aber leer.

Ich war müde, und dazu hatte ich nach dieser Nacht das Recht; ich klopfte an keine weiteren Türen mehr. Im dichten Nebel machte ich mich auf den Heimweg; es sind ungefähr fünfzig Minuten Fußmarsch. Ob ich wollte oder nicht, ich mußte nach Hause: nach dieser Parenthese für andere den Diskurs mit mir wiederaufnehmen.

Den Diskurs wiederaufnehmen, wenn man eine so heikle Angelegenheit wie die meine in jener Nacht hinter sich hat – ist das bitter, ist das zermürbend? Ich würde sagen, es ist vor allem lästig.

Abgesehen vom Ansturm der ungelösten Probleme gibt es die Belagerung durch die kleinen »lieben« Dinge. Kleine, vertraute und anhängliche Gegenstände, die dich wieder einfangen, und jeder hat seinen bescheidenen, zähen Klammerreiz. Da ist das von dir aufgenommene, von dir gerahmte Foto des Aprilschnees auf dem Dach; der falsche Bucharateppich, den du dir zu Weihnachten geschenkt hast; die Schreibmaschine mit dem eingespannten Blatt; die Karbid-Jagdlampe, die du nicht brauchst, die aber mit ihrem leuchtenden Rot so gut in den Flur paßt; die Langspielplatte mit der Klaviersonate von Albinoni. Und jeder mit seinem schmachtenden Appell, mit seiner Verlockung: Jeder einzelne will dich unterhalten, an sich binden, wundert sich, daß du daran gedacht hast... versucht hast... Aber nachdem du schließlich zurückgekehrt bist, sagen sie dir: Wenn du noch hier bist, dann auch wegen uns. Vielleicht wissen sie, daß das nicht stimmt, aber sie müssen doch so tun, als würden sie sich freuen. Die Wahrheit ist, daß derjenige, der seinen Selbstmord verfehlt, es in der Illusion tut (Durkheim dringt nicht bis zu diesem Punkt vor), daß es einen dritten Weg gäbe; doch *tertium non datur:* entweder der Sprung in den Siphon oder der Rücksprung in den Alltag. Wo alles seinen ruhigen, fatalen Rhythmus beibehalten hat, und du bist derjenige, der den Schritt beschleunigen muß, um das Intervall zu annullieren. Sieben Tage, daß ich, im Hinblick auf die Schlußlösung, die Pendeluhr nicht aufgezogen und die Zeitungen nicht angeschaut habe, sieben Tage, daß ich kein Bad nahm, die Haushaltsrechnungen nicht bezahlte, die Post nicht öffnete. Die Post. Kette am Fuß, kategorisches Emblem der Routine. Garantie der zuverlässigen Präsenz der Welt. Die Post, Einladungen zu Versammlungen, Ausstellungen und Vorträgen, Prospekte, die Aufforderung für die zweimonatliche Steuerrate (Juni-Juli), die Versicherungsgesellschaft, die eine vorgedruckte Karte schickt: »Sie vollenden morgen das vierzigste Lebensjahr. Unsere besten Glückwünsche und einen freundschaftlichen Ratschlag: Sorgen Sie vor ...«

Ach ja: die regelmäßig wiederkehrende Verfolgung durch die Glückwünsche; diesmal zum Geburtstag. Der Freund Professor Mylius gibt sich emphatisch: »Ihnen eröffnet sich die zweite Jugend, Sie Glücklicher. Nicht ohne Neid versichere ich Sie aufs neue meiner wärmsten freundschaftlichen Gefühle.« Und Henriette, die mir schreibt: »Sonntag, 2. Juni, ist Dein Tag, also komme ich. Spät, erst gegen Abend, aber wenn Du willst, bleibe ich bis Montag bei Dir.« Sie ist nicht erschienen, verständlich. Eine Erkältung, der Nebel, die Fahrt von Chrysopolis bis hier herauf. (»Du mußtest Dich ja auch auf tausendvierhundert Meter verkriechen.« Henriette, meine »Verflossene«. Ich definiere sie in Anlehnung an Flaubert: »L'inéducation sentimentale«.) Und nachdem ich pflichtschuldig ein Bad genommen habe, nehme ich mir das Heft vor, das Frieda in der Küche liegengelassen hat. Wochengeld: soundsoviel, Wäsche: soundsoviel, ein neuer Putzlappen; Milch 4 Liter, Eier ½ Dutzend.

IV

Damit schließt die äußere Chronik des Ereignisses, und es eröffnet sich die innere. Aber ich werde nicht in einen intimistischen Psychologismus verfallen: Inzwischen ist meine innere Geschichte die Geschichte schlechthin, die Geschichte der Menschheit. Ich bin jetzt die Menschheit, ich bin die Gesellschaft. Ich könnte, ohne pathetisch zu werden, in der dritten Person sprechen: »Der Mensch hat das und das gesagt, hat das und das getan . . .« Ganz abgesehen davon, daß seit dem 2. Juni die dritte Person und jede andere Person, ob existentiell oder grammatikalisch, notwendig mit der meinen zusammenfallen. Es gibt nichts anderes mehr als das Ich, und das Ich ist nichts anderes mehr als das meine. Es bin ich.

Montag, 3. Juni, morgens: Frieda und Hans lassen sich nicht blicken; ich setze mir in den Kopf (apropos Kopf, ich habe Schmerzen, unter dem Pflaster klopft die Wunde, sie wird sich infiziert haben), daß sie hinunter nach Widmad auf den Montagsmarkt gegangen sind. Ich will ihnen dorthin nach.

Drei Gebirgsmassive, jedes mehr als viertausend Meter hoch, umschließen das Becken von Widmad, in dessen Mitte das Dorf liegt, und in der Mitte des Dorfes wiederum findet der Markt statt. An klaren Tagen fällt es einem schwer, von dem alten Platz aus den Blick nach oben zu richten, so sehr blenden all diese drohenden Gletscher.

Der kleine Platz lag gestern ganz im Nebel. Versteckt die Berge, unsichtbar aber auch Händler und Kunden. Unsichtbar, auf den Straßen und in den Häusern, in den Geschäften, in den Hotels, am Bahnhof, auf der Post, überall, Einheimische und Fremde, Männer, Frauen, Kinder. Ein aufgegebenes Dorf, unvermittelt geräumt, und zwar von allen. Auf die gleiche Art und Weise geräumt auch der Zwillingsort Lewrosen, restlos und ohne Anhaltspunkte für irgendein Motiv. Mit einem, möchte ich sagen, willentlichen (oder spöttischen?) Verzicht auf jeglichen Vorwand. In den Schaufenstern habe ich ein Plakat gesehen: Die Ortskapelle wird mit der Seilbahn auf den Mountàsc fahren und dort, auf 2950 Metern, das höchste Platzkonzert Europas geben. Das Publikum ist eingeladen, vor der hinreißenden Kulisse des ewigen Schnees den Auftritt unserer Musikanten mitzufeiern... Der »Auftritt« ist für den nächsten Sonntag, 9. Juni, angekündigt.

In Widmad war ich ins Hotel Zemmi gegangen. (Zemmi ist der Name unseres Flusses und des ganzen Tals.) Ein Hotel, das nie überfüllt ist, nicht groß, aber elegant oder zumindest angenehm, bevorzugt von den deutschen Gästen und mit einem Küchenchef, dessen herzhafte, wenn auch nicht exquisite Kochkunst ich schätzte, sowie mit einem neuen Hallenbad: Zu dessen Einweihung hatte mich der Besitzer Kaiser, ein Deutscher, vor ein paar Monaten eingeladen. In Kaisers Büro im Erdgeschoß, neben der Treppe, erkenne ich seine Lederjacke und seine Brille auf dem Schreibtisch. Ich gehe in den ersten Stock hinauf, schaue in ein Zimmer. Das Bett ist ungemacht, das Licht der Nachttischlampe fällt auf ein Buch und eine Armbanduhr. Eine Damenuhr; und tatsächlich ist das Buch von der Beauvoir. Die Leserin ist nicht da. – Nachdem ich das Zemmi verlassen hatte, läutete ich an der Villa, in der Freund Mylius wohnt, ebenfalls ein Deutscher, aus Göttingen, ein emeritierter Professor. Derselbe, der mir zum Geburtstag gratuliert hat. Keine Antwort.

In Lewrosen gibt es ein Internat, in dem zwanzig oder dreißig Jungen untergebracht sind. Es steht offen; ich bin durch alle Räume gegangen, vom ersten bis zum letzten. Im Schlafsaal neben jedem der Eisenbetten die Schuhe und die Kleider des Okkupanten, in kasernenmäßiger Ordnung, die nichts und niemand durcheinandergebracht hatte. Hier waren die Lichter gelöscht: nicht eine Stimme, nicht ein Schritt.

Ich habe nicht weitergesucht. Ich setzte mich in Lewrosen auf eine Alleebank und horchte auf die Stille. Die im übrigen nicht lautlos war und daher auch nicht beängstigend: Eine Dachrinne in meinem Rücken tropfte leise; die Kirchenuhr gab artig die Viertel- und die halben Stunden an; eine große Metallbox skandierte mit pulsierendem Klicken die einsamen Minuten, sie regelte die Ampel an der Kreuzung, die tatsächlich in Betrieb war. Und doch lastete die Stille, und ich registrierte sie mit einem anderen Sinn als dem Gehör, vielleicht emotional, vielleicht reflektierend und nachdenklich. Was die Stille und ebenso ihr Gegenteil letzten Endes ausmacht, ist die menschliche Präsenz, sei sie nun erwünscht oder unerwünscht – oder deren Fehlen. Nichts ersetzt sie in dieser ihrer Wirkung.

Und die Stille, die mit der menschlichen Absenz einhergeht, ist, das merkte ich, eine Stille, die nicht verrinnt. Sie häuft sich an.

Ich hatte einen Plan. Diese Menschen, sagte ich mir, sind fortgegangen. Sie sind nicht einfach verschwunden. Weiter unten, dem Tal zu, wird sie jemand vorbeigehen sehen haben, wird irgend etwas wissen, mir etwas erklären können. Ich muß also der Straße folgen. Es gibt nur die eine, die, die nach Norden, das heißt in die Ebene führt. Also ein Verkehrsmittel, ein Fahrzeug finden.

Dann stand ich in der Autowerkstatt von Lewrosen, auf der Suche nach einem solchen Verkehrsmittel, und zwar dem einzigen, dessen ich mich bedienen konnte. Ich mag keine Autos, ich habe nie eines besessen, aber ich habe gelegentlich einen bestimmten deutschen Kleinwagen gefahren, der mir in seiner spartanischen Einfachheit und wegen der Robustheit seiner Stoßstangen zupaß kam. In der Werkstatt fand sich eine ganze Reihe davon, fahrbereit, ich setzte mich auf gut Glück in einen und fuhr damit los, ohne größere Schwierigkeiten; die Straße war im übrigen frei, ja zu frei, und ich kenne sie Kurve für Kurve. Ich fuhr sie hinunter, zunächst bis Klaus. In Klaus gibt es ein Altersheim, Mylius hat mir davon erzählt, denn seine neunzigjährige Mutter lebt dort. Ich habe angehalten und, wie vorher im Internat von Lewrosen, das ganze Haus durchstreift, Zimmer für Zimmer, vom Speisesaal bis zur Krankenstation. Danach habe ich die Unterkunft der Brandwache (die Leute sprechen stolz von »ihrer« Talfeuerwehr), die in der Nähe liegt, von oben bis unten durchstöbert.

Ich versuchte, die Situation zu begreifen, insbesondere meine eigene, ohne Panik, ohne phantastische Mutmaßungen. Das hier ist nicht die Antarktis, es ist eine Talsohle, auf der viertausend Individuen zusammen hausen. Selbst wenn sie Versteck spielten, selbst wenn sie es darauf anlegten, unsichtbar zu bleiben – irgend jemand würde sich zum Schluß doch blicken lassen.

Keiner hat sich blicken lassen. Und ich war es leid, Hotels, Internate, Pflegeheime und Unterkünfte zu durchsuchen. Meine Nachforschungen, bis Klaus noch ziemlich zuversichtlich, wurden jetzt von Trostlosigkeit und bitterem Groll begleitet. Ich fuhr weiter, ohne mich auf nochmalige Aufenthalte einzulassen: Um zwölf Uhr mittags erreichte ich die Autobahn, um ein Uhr lag Chrysopolis vor mir. Der Ort, an dem ich am längsten gewohnt und den ich mit Entschiedenheit verabscheut, abgrundtief verachtet habe. Jetzt sah ich ihn mit Erleichterung wieder.

Wenn auch nicht *meine* Leute, so würde ich doch Leute dort finden. Schließlich kam ich in eine große Stadt. Doch es war nicht so sehr das Ausmaß der Siedlung, das mich beruhigte: Mit seinen vierhunderttausend Kaufleuten ist Chrysopolis so konkret wie das Konkrete schlechthin. Für alles verfügbar, außer für Wunder. Mit dem Ballast von geprägtem Gold in den Sakristeien seiner sechzig Banken kann es nicht ins Wunderbare oder auch nur Unvorhersehbare entschweben. Die höchste Konzentration an Reichtum, die man kennt: Eine so konkrete Substanz kann sich weder durch Zauberwerk des Teufels noch durch einen Gnaden- oder Strafakt des Himmels in nichts auflösen. Ihre Wurzeln berühren das *aeternum* des Kapitals, die Quintessenz der Wirklichkeit.

Als ich sie wieder betrat (seit sechs Monaten war ich nicht mehr da gewesen), bekam ich nach dem Traum, der auf dem Rand des Siphons begonnen hatte, endlich Boden unter die Füße, fand wieder den Kontakt zu der handfesten Welt. Das Geheimnis meines so unvermittelt entvölkerten Tals würde sich hier rasch aufklären. Auf lächerliche Weise. Ja, es war vielleicht besser, gar nicht darüber zu reden – womöglich würde man mich noch einweisen. In der Börsenstadt sind die Nervenkliniken seltsamerweise zahlreich. Und frequentiert.

Aber mit wem schon darüber reden, da sich doch weit und breit kein Lebewesen zeigte? Alles, von den Vororten bis zum Zentrum, geschlossen, schweigend, leer. Alles an seinem Platz und in Ordnung, aber unbeweglich und außerhalb der Zeit; denn es ist der Mensch, der die Zeit der Dinge macht, und Mensch war keiner zu sehen. Kein einziger war übrig.

Ich parkte das Auto direkt auf dem Börsenplatz, und da ich Hunger hatte, stopfte ich mich mit Schokolade und Keksen voll, die ich aus einem Automaten zog. Dann wartete ich, daß es drei Uhr würde: Wenn die Nachbörse beginnt und man im Tempel die feierlichen Rituale des Börsenschlusses begeht, jenes eigentlichen, effektiven, den

Eingeweihten vorbehaltenen, die Rothschild-Stunde, wie sie einer unserer einflußreichsten Börsenmakler zu nennen pflegte, die Stunde, in der für den nächsten Tag über das Finanzschicksal Europas und des halben Okzidents entschieden wird. Doch der Tempel hat sich nicht erhellt, hat sich nicht geöffnet. Erledigt auch er. Tot wie die Säulen und die Atrien von Baalbek.

Die intakte, eben erst verlassene Stadt gehört bereits der Archäologie. Sie haben keine entschlüsselbare Botschaft zurückgelassen. Dafür alle ihre Dinge. Sie sind in größter Hast aufgebrochen, ohne sich um das zu kümmern, was dablieb. Ihre Schätze.

Ich ging dann zum Gebäude »meiner« Zeitung. Ich habe früher dort gearbeitet, und bis vor kurzem arbeitete ich immer noch gelegentlich für sie. Ich machte mir keine Illusionen, dort jemanden anzutreffen, aber ich fühlte das Bedürfnis, mir eine Bestätigung zu holen. Eine Zeitung ist ein Zeuge, nicht nur ein Zusammenträger von Nachrichten. Und sie kann nicht desertieren, sie muß das reflektierte Gewissen der Ereignisse sein, sie kann sich dieser Pflicht nicht entziehen, um einem Impuls nachzugeben, auch wenn er kollektiv oder universal ist: Solange sie lebt, ist sie da, um Rechenschaft abzulegen. Solange sie lebt.

Und irgendwie lebte sie noch. In dem sinnlosen Fuchteln ihrer Linotypes. Ich sagte schon, daß sich mir diese Bewegung unauslöschlich eingeprägt hat. Das stimmt. Ich sehe immer noch diese armen gestikulierenden Maschinen, Gefangene ihrer mechanischen Treue.

V

Was dann kam, habe ich beschrieben: die hastige Autopsie an der noch warmen Leiche der Stadt, die Rückkehr nach Widmad. Die Tage der langen Angst, das Fieber, das die Nerven zerrüttete und eine schmachvolle Phantasie anstachelte. Tage und Nächte, die sich so registrieren lassen: Exkursion ins Subhumane, totale Erbärmlichkeit, ohne Scham.

Was mich (vorübergehend) davon heilte, war ironischerweise ein komischer Vorfall. Wie aus einem alten Schwank.

An meinem Haus habe ich einen Schuppen, dessen Tür, zum Wald hin, immer halb offensteht. Ich gehe hinein, um einen Armvoll Holz für den Ofen zu holen, und finde eine von Hansens Kühen darin. *Animal bibliophagum:* Sie war gerade dabei, meine »Psychologie des Bewußtseins« aufzufressen. Die broschierten Bände mit grünem Umschlag, etwa dreißig Stück, die der Verleger mir für meinen privaten Bedarf geschickt hatte, waren in einem Fach gestapelt. Die Kuh mampfte sie mit Behagen, eine grünliche Brühe tropfte ihr aus dem haarigen Maul auf den mit Buchseiten übersäten Boden. Ich mußte laut lachen. Dieses Lachen hatte zwar alle Anzeichen von Hysterie, aber es befreite mich. Das Schreckensknäuel löste sich in einer Art dankbarer Zärtlichkeit. Ich streichelte das Tier, das sich buchstäblich von meinem Denken (zu Wort geworden und in Pappe gebunden) nährte. Morgen würde ich es vielleicht wieder zurückbekommen (falls es mir gelänge, die Kuh zu melken) – und endlich mit Gewinn.

Am nächsten Tag machte ich mich auf nicht allzu wackligen Beinen auf den Weg nach Widmad. Ich stieg mit einer realistischen, um nicht zu sagen naheliegenden Idee hinunter: in der Welt herumzutelefonieren. Eine Welt mußte es ja geben, die mußte noch vorhanden sein, jenseits meines Tales, jenseits der Goldstadt.

Es ist zwei Uhr nachmittags, und Widmad glänzt vom Regen, mit seinen blühenden Geranien unter den rot-grünen Dächern. Es wirkt unnatürlich, aber es ist wie immer; es hat die übertriebene Perfektion der Fremdenverkehrsprospekte. Nicht das geringste Anzeichen von Verfall in seiner Friedhofsruhe. Eine Dependance des Kursaals beherbergt derzeit eine Kunstausstellung. Behaviour Art: Ich war auf der Vernissage gewesen und hatte vorgefunden, was ich mir erwartet hatte. Der Spanier Luis Lugán präsentierte Badewannenhähne, aus denen, wenn man sie aufdrehte, eine elektronische Musik von Krysztof Penderecki ertönte: »Den Opfern von Hiroshima«, für 52 Streicher. Der Franzose Cardinet: zwei Mädchen, lebendige, versteht sich, die auf einer durchsichtigen, drei Meter über dem Boden hängenden Platte ihren Aperitif tranken. Die Mädchen (die jetzt nicht mehr da sind) trugen keine Schlüpfer. Jean Le Gac: ein Automobil mit offenen Türen, die beiden linken Reifen ohne Luft. Der Italiener Mattiacci: eine Komposition mit dem Titel »Raum«, bestehend aus einem gläsernen Tisch mit einem Telefon darauf, »verbunden mit ganz Europa«, und den Telefonbüchern »von ganz Europa«. Der Besucher konnte zu einem verbilligten Tarif gut zehn Sekunden lang sprechen, mit wem er wollte. Dieses kommunikative Kunstwerk – das war das richtige für mich.

Um mich zu vergewissern, daß der Apparat funktionierte, rief ich wiederum die Zeitansage an.

Ich erhielt die gewünschte Auskunft und fing an zu wählen: Frankfurt (Westdeutschland), Brighton (Großbritannien), Bologna (Italien), Boulogne (Frankreich) – Orte und Personen, mit denen ich während der letzten Monate gelegentlich in Verbindung gestanden hatte und deren Telefonnummern sich in meinem Notizbuch fanden. Danach habe ich aufs Geratewohl Nummern aus den Telefonbüchern gepickt. Ich habe drei mir gleichermaßen unbekannte Pariser angerufen. Keine Antwort, nicht einmal da. Auch die schwiegen. Ich versuchte es noch einmal und wählte die Nummer eines Dr. Ibn Yussef, Ahmed, 142 Boulevard de la Poissonière. Kieferchirurg, Zahnarzt. O Glück und Wonne: Eine Stimme erreicht mich. Eine freundliche Frauenstimme (Ahmeds Ehefrau?), die mir sagt: »Le Docteur va rentrer ce soir à six heures. Veuillez bien me donner votre numéro ou adresse. Si au contraire vous préférez ...« Nichts weiter. Natürlich: Die zehn Sekunden sind vorbei. Ich schreibe mir Ahmeds Nummer heraus und laufe, stürze ins Hotel Mayr, gegenüber vom Kursaal. Von der Rezeption aus – der Portier, Battaglia, ist (oder war) ein Freund von mir – rufe ich wieder an. Es meldet sich dieselbe Stimme, und ich unterbreche sie sofort: »Madame! Bitte sagen Sie mir, ist in Paris alles normal?« Und sie: »Bitte hinterlassen Sie Ihre Rufnummer oder Adresse. Möchten Sie jedoch lieber ...« Ich lege auf. Das ist nicht die Frau des Zahnarztes und auch nicht seine Sekretärin. Das ist ein Tonband.

Der Mißerfolg entmutigt mich nicht. Ich verfalle auf einen besseren Gedanken: mich selbst, in eigener Person, zum Boulevard de la Poissonnière zu begeben. Und zwar sofort. Mit dem ersten Flug, der von Teklon abgeht. Selbst wenn in Paris »alles normal« sein sollte, so bliebe doch noch einiges zu klären; aber die Ereignisse dieser Tage wären dann wenigstens lokalisiert, ich könnte sie akzeptieren. Die kleine unvorhergesehene Reise lockt mich: entfliehen.

Ein Detail, das erwähnt zu werden verdient: Ich, der ich Europa und einen ansehnlichen Teil Amerikas bereist habe, kenne Paris nicht. Ich habe kein Geld bei mir. Ich nehme beim abwesenden Battaglia eine Anleihe auf. In der Schublade liegen seine Trinkgelder vom 1. Juni, ein mehr als ausreichender Betrag. Ich hinterlasse einen Zettel, auf dem ich die Entnahme erkläre, und steige in meinen Kleinwagen, der mich an der Stelle erwartet, wo ich ihn vor drei Tagen mitten auf der Straße abgestellt hatte.

Teklon ist der Flughafen von Chrysopolis, doch für mich, der ich aus den Bergen komme, liegt er näher als die Stadt; ich erreiche ihn in einer halben Stunde. Einer der Schnittpunkte Europas, ein Flughafen interkontinentalen Rangs. Heute jedoch herrscht kein Gedränge.

Genauer gesagt, er ist leer. Menschenleer. Die Hallen, die Gänge, die Schalter, der Zoll, die Gepäckannahme, die Cafeteria, das Restaurant (in dem ich vor Jahren einen halben Tag damit zubrachte, auf eine Maschine zu warten, die sich schließlich als entführt herausstellte): niemand. Hätte ich das vorhersehen müssen? Ich weiß es nicht. Wie dem auch sei, für mich ist das die Phase des Wiederauflebens, ich fühle mich optimistisch, ich konsultiere eine der vielen großen beleuchteten Tafeln, lese, daß in den nächsten drei Stunden soundso viele Maschinen ankommen und soundso viele Maschinen abfliegen sollen – aus allen vier Enden der Welt. Nach Paris habe ich innerhalb von fünfzig Minuten eine, die aus Zagreb kommt, eine zweite aus Nairobi via Kairo–Rom, eine dritte aus Athen, ohne eine Chartermaschine »mit einigen eventuell verfügbaren Plätzen« mitzuzählen. Wenn hier bei uns aus irgendeinem unbekannten Grund der absolute Stillstand, oder die Leere, ausgebrochen ist – in Nairobi, in Kairo, in Athen ist die Welt noch immer in Bewegung. Mit soziologischer Nonchalance erkläre ich mir: Wenn Bombe E (Entvölkerung, jählings und radikal) oder Bombe A (Ausdünnung) in Chrysopolis und Umgebung explodiert ist, kann sie ihre Wirkung nicht auf Maschinen ausgedehnt haben, die in zehntausend Metern

Höhe über dem Mittelmeer fliegen, oder auf den Sudan.

Inzwischen ist es sieben Uhr abends; ich warte immer noch. Mit dem Auto wage ich mich auf eine Erkundungsfahrt in die dämmerige Weite des Flughafens. Die Startbahn ist leer, die Landebahnen nicht. Hier stehen einige Flugzeuge; eine Maschine hat sich über eine andere geschoben, quer zur Betonpiste. Die mir nähere (und ich erkenne sie, weil ich schon damit geflogen bin) eine Tupolew der Aeroflot, die von der Bahn abgekommen ist und dabei einen breiten Streifen Gras niedergemäht hat. Jetzt liegt sie da, mit der Schnauze nach unten, die hinteren Leitwerke in einen weißen, wenig einladenden Himmel gereckt, den sie jetzt wohl nicht mehr durchpflügen wird. Trotz allem gebe ich nicht auf. Der Ort ist, seiner Natur nach, extraterritorial, mit dem ganzen Erdkreis und seinen unendlichen Horizonten verbunden: Schließt man einen planetarischen Kataklysmus aus, so muß sich das Leben hier manifestieren, irgend jemand muß sich früher oder später hier zeigen, von oben, muß hier zu landen versuchen. Ich werde die Blinklichter der Flugzeuge sehen, und wenn der Nebel das verhindert, werde ich den Lärm ihrer Motoren hören. Ich werde nicht schlafen, ich werde auf dem Posten bleiben, mit Aug und Ohr.

Tatsächlich habe ich nicht geschlafen. Einige Zeit nach Mitternacht hatte ich es satt, in einem Sessel der Schalterhalle alte Zeitungen durchzublättern, und ging hinaus. Wieder in Richtung der Pisten, wo das Flutlicht ein wenig ans Meer erinnert. Ich ging zu Fuß bis zu den entfernt gelegenen Hangars. Einen habe ich betreten, voll naiver Verwunderung über seine Kathedralenausmaße. Drinnen flüchtete ich, verwirrt von dem gleißenden Licht und der Weite des Raums, in den Schatten der Tragflächen. Gerüste, bespickt mit Leitern und Geräten, belagerten eine Maschine: eine technische Überprüfung, die offenbar schlagartig abgebrochen worden war. (Aber durfte man das? Und weshalb?) Öl oder Kerosin tropfte immer noch auf den Boden und sammelte sich in düster irisierenden Pfützen. Ich – rauchend! – verließ fluchtartig den Raum. Die Kathedrale, mit ihrem Gewirr von durchbrochenen, fast unkörperlichen Stahlträgern, die sie stützen, ist wunderschön; sie hat mir neuen Mut gemacht. Gegen jede Technophobie bürgt dieses gewaltige Bauwerk für seine Urheber, und der Mensch ist nicht einfach wegzuwischen. Es ging mir wie den Christen in dem von den Türken bedrohten Konstantinopel, die hingingen, um ihre ruhmreiche Hagia Sophia zu bewundern, und in deren Kuppeln und Säulen Auspizien der Rettung erblickten.

Der Morgen kommt, doch meine Auspizien sind nicht freundlich. Ich warte immer noch. Ich biwakiere notdürftig auf den Sesseln, mit Sandwiches und Bier, den Paperbacks, die ich mir aus dem Kiosk geholt habe, in den Knochen das Frösteln des unterdrückten Schlafs, in den Nerven Anspannung und Überdruß. Aber ich halte durch. Ich denke mir serienweise Flugzeugentführungen aus. Gleichzeitige Streiks der Piloten, der Zöllner, des Cafeteriapersonals, der Zeitungsverkäufer... Ich tue so, als würde ich nicht bemerken, daß sich in achtzehn Stunden kein einziger Mitwartender eingefunden hat, daß der weite Platz, die Räume, in denen ich herumgehe, genauso verlassen sind wie die Tischchen des Cafés, auf denen dick der Staub liegt – und ich habe, einer alten dummen Angewohnheit folgend, mit dem Finger viele H hineingezeichnet, den Anfangsbuchstaben des Namens meiner »Verflossenen«.

Aus Nairobi, leiere ich mir immer wieder vor, aus Kairo, aus Zagreb, aus Caracas, aus Athen. Nach Paris, Teheran, Montreal, Moskau.

VI

Nein, ich bin kein komischer Alceste, der Misanthrop, ich bin, mit Unterbrechungen, phobanthrop, ich habe *Angst* vor dem Menschen, wie vor den Ratten und den Stechmücken, wegen des Unheils und der Ärgernisse, die er unermüdlich produziert. Das ist nicht der einzige, aber einer der ernsthaften Gründe, weshalb ich die Einsamkeit suche; eine (in den bescheidenen Grenzen des Möglichen) wirkliche Einsamkeit, das heißt dauerhaft und mit großem Radius. Jetzt, da »sie« auf sich warten oder sich zumindest suchen lassen, beginne ich vielleicht ihre Bedeutung zu ermessen.

Namen wie Meggy Weiss Lo Surdo, Ibn Yussef (Ahmed), Mark W. Black gewinnen Bedeutung.

Ich bin im Begriff, den Flughafen zu verlassen. Neben den Stufen zum Eingang entdecke ich zwei Koffer und eine olivgrüne Segeltuchtasche, auf die der Name des Besitzers gedruckt ist: Sgt. Mark W. Black. 128 Pioneers Sect., US Army, 11th USA Force in Europe. Und tatsächlich steht hinter den verlassenen Koffern ein Jeep mit amerikanischen Militärzeichen: weißer Stern, Bison, Tomahawk und so weiter. Die unerwartete Begegnung mit dem Sergeant Black hat einen Entschluß in mir geweckt. Der Zufall verwies mich auf eine weitere Suche. Und er lieferte mir auch den Treibstoff dazu. Ich meine das ganz wörtlich: Der Jeep führte zwei Kanister Benzin mit sich, und ich tankte mein Auto damit auf.

Von dieser 11th Base, die nur einen Katzensprung von meinem Zuhause liegt, war vor ein paar Monaten in den Zeitungen die Rede, anläßlich einer Meuterei von farbigen Soldaten. (Der Sergeant gehörte nicht dazu, Black ist trotz seines Namens so weiß wie ich, und er liefert mir die Beweise dafür: eine Kollektion von Negermädchen in seiner Ordonnanztasche, photographiert mit wenig an.) Die *Base* befindet sich natürlich jenseits der Grenze. Mein Land ist das einzige im ganzen Westen, in dem es keine derartigen amerikanischen Stützpunkte gibt.

Eine im übrigen vertraute Grenze, die ich – Nichttourist, Nichtreisender – häufig passiere. Sie liegt siebzig Kilometer nordöstlich von Chrysopolis, vom Flughafen aus neunzig. Verschlafen über leere graue Straßen rollend, komme ich dort an und erlebe eine positive Wirkung des Exodus beziehungsweise der Bombe X beziehungsweise der Säuberungsaktion: Die Grenzen sind abgeschafft, der Traum von der übernationalen Einheit wird wahr. Ich muß mir nur die Mühe machen, aus dem Wagen zu steigen und die Schlagbäume hochzuheben. Wachen, Kontrollen haben keinerlei Funktion mehr, und tatsächlich gibt es sie nicht mehr. Weder auf der einen noch auf der anderen Seite.

Ich setze meinen Weg fort, der Spur der üblichen Graffiti folgend: »Americans go home«. Dank der Schilder *No Entry* mache ich den Zufahrtsweg zum Stützpunkt aus, der zum Schluß zu einem Sunset Boulevard wird, mit Miniwolkenkratzern, größeren und kleineren Einfamilienhäusern, Parks und Gärten, Swimmingpools und Bowlings. Sogar ein paar verirrte Palmwedel. In den Schilderhäuschen vor dem großen Gittertor stehen keine Wachposten (wohl aber ihre Waffen) – ich nehme an, wegen der Tageszeit. Es ist zwölf Uhr mittags. Ich fahre durch das Areal, das sich kilometerweit erstreckt, und entdecke, wie ich es erwartet hatte, einen Durchlaß in der Umzäunung. Sämtliche Stützpunkte sämtlicher Heere sehen heimliche Ausgänge für ihre Soldaten vor; die 11th Base hat eine ganze Reihe davon, bei einem kommt man sogar mit dem Wagen durch. Und ich durchfahre mit meinem Wagen die Zitadelle Straße um Straße, ein rigoroses Schweigen durchbrechend, zwischen

Reihen von riesigen zivilen Chevrolets, die den Gehsteigen entlang geparkt sind. Ich passiere Verwaltungsgebäude, Depots, Werkstätten, ich biege um eine Kurve, und es bieten sich mir neue Verwaltungsgebäude, neue Blumenbeete, neue Magazine, neue Chevrolets, wie Spiegelungen in der Ferne verschwimmend, im Dunst.

Da und dort wird der Asphalt unter meinen Rädern von einer Stahlplattform in der Größe eines Tennisplatzes unterbrochen; ich nehme an, daß das die Zugänge zu den Bunkern sind, in denen die Basis ihre Kanonen, die Panzer, die Transporter, die Raketen versteckt. Im Freien sehe ich nichts davon: Die Basis erinnert eher an eine überdimensionale Fieberthermometer-Fabrik als an eine Festung; und mein Erstaunen als Pazifist ist etwa dem eines Kapuzinerpaters vergleichbar, der in den Bordellvierteln von Hongkong missionieren will und nur Papierblumen und Ventilatoren vorfindet, aber kein Bett, kein Sofa. Doch Neugier und Erstaunen bleiben an der Oberfläche. Darunter liegt die Kälte der Feststellung: Die Basis ist evakuiert worden. Es gibt nicht einen Mann Besatzung. Mit all ihren verborgenen Kanonen und bunten Blumenbeeten hat sie ein plötzlicher Befehl des Pentagons außer Dienst gestellt. Ich halte an, betrete irgendeines der Gebäude, einen weißen, niedrigen Bau. Es ist eine Art Kasino für die Truppe. Im Eingang hängen Helme und Maschinenpistolen an einem Ständer.

Eine Streife hatte ihre Runde unterbrochen, um sich in die Cafeteria zu setzen: auf den Tischen Bier- und Cocacolaflaschen, Überreste von Hotdogs, Spielkarten, Comic-Heftchen. Theken mit Tabletts, Fernseher, ein Billardtisch. Der zwischen den beiden Fenstern aufgehängte Kalender zeigt, zu meiner exklusiven Erinnerung, den letzten Tag an, den man hier herinnen verbracht hat: 1. Juni. Die nachfolgenden Blätter hat niemand mehr abgerissen, und niemand hat sich mehr um den Papagei gekümmert, der jetzt tot in seinem Käfig unter der Fahne liegt: unglückliches, stinkendes Maskottchen. Zu guter Letzt ›Americans *did* go home‹.

Auch ich gehe. Ich fahre den Sunset Boulevard zurück. Ich lenke den Wagen in Richtung Grenze.

Ich kenne die Gegend, aber Nebel und Müdigkeit verschwören sich gegen mich. Ich verfahre mich, der Grenzübergang bleibt unauffindbar, plötzlich ist die Fahrbahn durch zwei aufeinandergeprallte Lastwagen versperrt. Meine Scheinwerfer setzen Prozessionen von Mäusen ins Licht, aber nicht in Verlegenheit; sie gehen bei einem der Fahrzeuge ein und aus, das anscheinend etwas Gutes für sie geladen hatte. Die beiden Führerkabinen sind »nur noch ein Haufen zerbeultes Blech«, wie es in den Berichten über die Verkehrsunfälle hieß. Gott sei Dank muß ich mich nicht um die »Unglücksfahrer« kümmern. Seit der Nacht zum 2. Juni sind die Verkehrsunfälle unblutig, so wie die amerikanischen Militärstützpunkte unbedrohlich sind. Ich beschränke mich darauf, den Wagen zu wenden. Aber ich habe keine Ahnung, wo ich landen werde. Und es gibt keine Menschenseele, die ich fragen könnte.

Ich habe Glück. Nach einer langen, umständlichen Irrfahrt (ich mag zwanzig, dreißig Kilometer zurückgelegt haben) begegnet mir etwas Vertrautes: Ein Bogen schwingt sich über die Straße, die enger wird. Ich befinde mich an der Auffahrt zu einer Brücke. Einer Holzbrücke, und sie wird von einem Holzdach mit zwei Schrägen überdeckt. Es besteht kein Zweifel: Das ist Tuti, der Ort, die Stadt von Tuti. In meiner Erinnerung – es sind unzählige Jahre, daß ich nicht mehr hier war – heißt sie so. Und hier wohnt noch immer meine Freundin von ehedem, mit Namen Tuti. Lehrerin oder Schuldirektorin, aber bestimmt immer noch allein wie damals. Als sie mir das letztemal schrieb (eine

Ansichtskarte), war ihre Adresse Klosterstraße. Ich werde sie aufsuchen.

Die Straßenlaternen brennen. Ich finde ohne Schwierigkeiten zum Hauptplatz, überragt vom Kaiserturm, in dem ein Heinrich von Luxemburg gefangengehalten wurde, fahre am Gymnasium vorbei, in dem *ich* zwischen dreizehn und sechzehn gefangen war; ich erkenne die Gasse, in der mein Vater, ein Immigrant, ein Elektrogeschäft hatte, über dem, im Mezzanin, wir, die Familie, untergebracht waren. Ich fahre zwischen den niedrigen Laubengängen hindurch, grüße in der Ferne das Kino samt seinen untergegangenen Helden Marlon Brando und Mastroianni, halte mich ein Stück lang am Rand des Stadtparks, der Wiesen, der Linden, die für mich die weite Welt bedeutet hatten, die Natur. Und da, auf dem Hügel, die dunkle Masse des alten Klosters, bereits zu meiner Zeit Kaserne. Klosterstraße 2. Ein Haus, kleiner als gedacht, alles zu, keine Balkone oder Geranien, verschlossener und hermetischer als erwartet. Die 11. US-Basis hütet ihre Geheimnisse weniger streng.

In diesem Teil der Stadt, das fällt mir zur rechten Zeit ein, haben die Häuser auf der Rückseite, zum Fluß hin, Gärten. Ich gehe zum Fluß hinunter, gehe ihn entlang, steige an der richtigen Stelle wieder hoch, klettere über ein Gartentürchen. Ich schlüpfe in einen dunklen Gang und bin im Haus. Ich suche den Lichtschalter, knipse ihn an. Eine Lehrerin oder Direktorin, 47 Jahre alt, unverheiratet, muß um fünf Uhr nachmittags an einem gewöhnlichen Dienstag ganz einfach in ihren vier Wänden sein; und sie *ist* da, von innen sehe ich, daß an der Haustür die Kette vorgelegt ist. »Ich bin's«, sage ich laut: »Mich hast du wohl nicht erwartet, wie?«

Aber ich merke, daß ich Hunger habe. In der Küche hole ich mir aus dem Kühlschrank Käse, Wein, ein Stück Apfelkuchen, vorzüglich; nur das Brot ist schon hart. »Entschuldige, wenn ich mich selbst bediene«, sage ich noch, zur Treppe hinauf, mit vollem Mund. Kauend gehe ich ins kleine Wohnzimmer, stöbere herum. Auf der Kredenz ein paar französische Romane, Schulbücher, verwelkte Blumen in einem Väschen, eine Samtschatulle mit Dutzenden von Briefen und Ansichtskarten (von Schülern und Kollegen; die wenigen Karten, mit denen ich in zwei Jahrzehnten auf die ihren geantwortet habe, sind nicht darunter), eine Vitrine mit gesammelten Mineralien, ein paar Klassenbücher. (Meine Postkarten und mein aus einer Zeitung ausgeschnittenes Foto hältst du versteckt. Oben im Schlafzimmer, in einem verschlossenen Kästchen: nicht wahr, Tuti?)

In einer Ecke der Polsterstuhl und die Stehlampe für die abendliche Lektüre. An der Wand mit der kleingemusterten Tapete Gebirgsansichten, die Reproduktion eines Freskos aus der Sixtinischen Kapelle. Die Ausstattung spiegelt geflissentlich das Wesen der Bewohnerin wider, ihren Geschmack, ihren Beruf. Kein Fernseher; der Bewohnerin fehlt es nicht an Intelligenz, und sie paßt sich nicht mehr an als unbedingt nötig. Ich beende mein kleines Mahl mit gutem Appetit.

Dann steige ich, gemächlich, die Treppe hinauf. Ich weiß, daß ich sie dort finde, mager und blond, schweigsam wie damals, während ich den Lichtschalter neben ihrer Schlafzimmertür anknipse. Ich finde sie. Auf irgendeine Weise finde ich sie: Auf dem Kissen ist der Abdruck ihres Kopfes, und das unzerwühlte Bett, mit dem Einschlagtuch ordentlich über der Decke, bewahrt das leichte Gewicht ihrer Person. Ich setze mich neben das Bett, neben meine arme Tuti. Die kleine Frau meiner, nein, nicht meiner ersten Liebe (in *amour passion* war ich schon erfahren), meines ersten sexuellen Erlebnisses. Bei dem ich meine fünfzehnjährige Jungfräulichkeit opferte (ein aggressives

Opfer). Sie, die älter war, alt und nicht schön in meinen Augen, sie war verliebt, wenngleich nicht erfahrener als ich. Meine Lust ohne Hingabe, meine verfrühte Sättigung verletzten sie tief, das begriff ich, dessen war ich mir bewußt, und es machte mich glücklich. Und sie heute – sich bewußt, wenn auch nicht glücklich darüber, mich wiederzusehen: so grau geworden, so anders –, sie läßt sich nicht blicken.

Das ist kein Totenbett, und in Kürze werde ich mich darin ausstrecken und voll Wonne einen langen Schlaf tun, um die Nacht wieder aufzuholen, die ich mir bei der blöden Warterei auf dem Flughafen um die Ohren geschlagen habe. Tuti ist nicht tot.

Es hat kein Sterben gegeben, keine Krankheit, keine Agonie, keine Todesangst. Sie hat die Stadt nicht verlassen, die (für mich) ihren Namen trägt, und auch nicht ihr Haus, ihr Schlafzimmer; sie ist hier, auch wenn sie sich, diesmal, meinen Sinnen nicht anbietet, nicht einmal dem Gesichtssinn. Und mir nicht erlaubt, ihr übers Haar zu streichen, das vielleicht immer noch blond ist. Ich ziehe die Schuhe aus, die Jacke, bleibe in Hosen und Hosenträgern. Entschuldige, Tuti.

VII

Gegen Mitte Mai zieht sich der Schnee von der Roßneralp zurück. Ich saß im Gras, ausgestreckt unter der senkrechten Felswand. Allein mit ein paar mageren Lärchen, die sich bis auf diese Höhe wagen. An einem windigen Vormittag. Die Siphon-Höhle und der 2. Juni waren noch nicht in Sicht, und ich spielte mein übliches Spiel: die Existenz meiner Artgenossen auszuklammern, mir vorzustellen, ich sei das einzige denkende Wesen in einer völlig leeren Schöpfung. Leer von Menschen, versteht sich. In solchen Augenblicken kann sich mein innerer Diskurs durch Pedanterie auszeichnen: Hegel hat eine Wirklichkeit an sich und für sich erträumt, ich erträumte mir eine Wirklichkeit mit mir und für mich. In der die anderen keinen Platz haben, weil es sie nicht gibt.

In einem weiteren Unterschied zu Hegel und zu den Romantikern, die – man weiß nicht, zu welchem Zweck – das Wirkliche mit dem Subjekt gleichsetzten, wollte ich es in seiner vollkommenen Objektivität. In der meinen jedoch, ausschließlich der meinen.

Im Endstadium einer reichlich perversen Betrachtung gelang es mir tatsächlich, mir einzureden, ich sei allein. Allein auf der Welt. Im philosophischen Fachjargon nennt man das, wenn ich nicht irre, Solipsismus: Das Individuum Ich und seine Sicht der Dinge, niemand sonst, nichts sonst. Doch die Philosophie interessierte mich nicht (sie hat mich nie sonderlich interessiert). Ich »lebte« das. Ich erhob mich aus dem Gras und umarmte die Lärchen, etwas, was ich schon als Junge getan habe und aus genau dem gleichen Grund: um mich von ihrer Lebenskraft durchdringen zu lassen. Manchmal jedoch auch (in der Überzeugung, ich hätte keltisches Blut in mir), um sie zu verehren, wie die

Kelten die Eichen als heilig verehrt hatten. Und manchmal aus reiner Begeisterung.

Meine Überspanntheiten waren und sind im übrigen spontan, sie hatten und haben nichts Literarisches an sich. Nie haben sich meine Einsamkeitsschwärmereien in einer Zeile niedergeschlagen, nie habe ich mich ihrer gerühmt. Das hatte ich nicht nötig; die Erfahrung ist tief, sie verlangt keinen reflektierten Ausdruck, keine Mitteilung. Ich habe auch nie angenommen, der einzige zu sein, der in den Genuß solcher Zustände käme. Die Sache muß uralt sein, wenn man bedenkt, daß man von alters her von einer »Sünde, für die es keine Vergebung gibt« gesprochen hat.

Ich für mein Teil habe mir nicht verboten, Gott mit ins Spiel zu bringen. Ich bin sogar so weit gegangen, ihn mit beträchtlicher Unverschämtheit zu bitten, seine Welt »für mich aufzusparen«. Heute, vor meinem Häuschen und zwei Schritte von dem (leeren) von Frieda und Hans, habe ich ihm dafür gedankt, daß er mich erhört hat – und so zur Unverschämtheit noch Grausamkeit hinzugefügt, unter dem aufgespannten Schirm, das Taschentuch an der Nase wegen einer beginnenden Erkältung. *Enfin seul* – zufrieden. Und indessen sage ich mir, daß es verrückt sei, kein Röhrchen Aspirin im Haus zu haben.

Jemand, der auf das Dogma von der Inkommunikabilität abonniert ist, könnte mir entgegnen: Du bist immer allein gewesen. – Quatsch. Das Rattern der Bergbahnkabine, unverschämt nah an den Wipfeln der Tannen: Das hat es gegeben, und das gibt es nicht mehr. Die Überfälle Henriettes, meiner »Verflossenen«, die Kinder aus dem Internat von Widmad auf ihrem Sonntagsausflug, die Bücher mit der Bitte um Rezension. Die Besuche des Doktor P., der kommt, um meine Werte zu kontrollieren, wenn ich vergesse, zur Kontrolle in seiner Praxis zu erscheinen.

Nachdem ich den Siphon überwunden habe, tauche ich in den See der Einsamkeit. Aber auch in den Müll, der sich im Haus ansammelt; in der Küche ist der Ausguß verstopft, mein Bett ist zu einem Hundelager verkommen. Die Schuppen des bürgerlichen Konformismus fallen ab, dafür werden die der Verwahrlosung dicker. Für wen sollte ich mich umziehen? Rasieren tue ich mich nur, weil mich die langen Stoppeln beim Schlafen stören – und nur solange der Rasierapparat noch funktioniert, solange es Strom gibt.

Man hatte immer behauptet, daß dank der Automatisierung die Elektrizitätswerke auch ohne Bedienungspersonal noch Monate und Monate »liefern« könnten. Das scheint zu stimmen.

Im Hotel Zemmi, in der Wohnung des Besitzers, Kaiser, habe ich einen japanischen Radioapparat gefunden, hochempfindlich, technisch perfekt. Ich habe den halben Tag und einen großen Teil der Nacht damit zugebracht, sämtliche Sender Europas auf ihm zu suchen. Und des Globus. Angefangen mit dem eines sozialistischen Landes, der mit seinen Programmen rund um die Uhr als der hartnäckigste galt. Das Gerät funktioniert ausgezeichnet, die verschiedenen Sender haben jeweils ihr eigenes Winseln, Wimmern, Knattern, Pfeifen. Aber nicht eine Stimme. Nicht ein Takt Musik. Aus dem gesamten Äther nicht ein einziger Schlager.

Erleichterung. Nicht mitleidlos diesmal: Sie erinnert an das berühmte »Er hat ausgelitten« der Angehörigen über den armen Kerl, der sich entschlossen hat, die Augen für immer zuzumachen. Wenn im Zeitalter der Technologie die Radio-Welt schweigt, dann muß die ihr sozusagen angeschlossene Zivilisation unterbrochen, um nicht zu sagen: endgültig verschwunden sein, muß die Organisation, unselige Kryptogame, die die fünf Kontinente überwuchert, sich zersetzt haben, kann der Polyp Wirtschaft nicht mehr die Myriade seiner schmutzigen Tentakeln ausstrecken ... Heute nacht um zwei habe ich den komplizierten japanischen Empfänger ausgeschaltet und in seinem Angesicht ein Epicedium an die Menschheit improvisiert. Die Ideologie, Opium der Völker: *requiem* ...; der Konsum, ihr vergiftetes Brot: *requiem* ...; das verlogene Dogma »Ihr seid das Produkt der Produktion«: *requiem* ...; der blödsinnige und tödliche Schlachtruf »Politique d'abord«: *requiem* ...! O Völker, ich juble für mich, aber auch für euch oder an eurer Statt, da ihr die Befreiung nicht mehr genießen könnt. Aber nicht, weil sie zu spät gekommen wäre. Ihr wolltet eure Versklavung, ihr wart ihre Urheber. Und sie konnte nicht verschwinden ohne euer eigenes Verschwinden.

Strenggenommen wäre noch zu beweisen, daß »ihr« Verschwinden wirklich total ist: In Grönland oder auf der entgegengesetzten Seite der Erdkugel, nehmen wir an auf den Trobriand-Inseln, kann es noch Menschen geben, lebendige und denkende wie mich. Jedoch die – eventuellen – Überlebenden haben keine Möglichkeit, ihre Gegenwart bekanntzumachen; was mich angeht, genügt das.

Ich verwerfe sogleich die Axiome der Informatik vom Typ: Das Medium ist die Botschaft, mit dem unanfechtbaren Korollarium: Kein Medium, keine Botschaft. Bleibt die Tatsache, daß außer den Mitteln zur Übertragung (von Nachrichten) auch die zur Beförderung (von Personen) nicht mehr existieren. Angenommen, auf den Trobriand-Inseln oder in Richtung Hudsonbai wäre irgendein zäher Stamm »entronnen«: Weder ich könnte zu ihnen noch sie zu mir. Wir werden einander nicht sehen, wir werden einander nicht begegnen, wir werden einander nicht stören. Sie sind für mich so tot wie ich für sie.

(Und gibt es die Trobriand-Inseln überhaupt, oder hat sie Bronislaw Malinowski aus den Zwillingsmythen vom guten Wilden und von den Inseln der Seligen abgeleitet? Der einzige, der mit ihm ihre Existenz beteuert, ist Lévy-Bruhl.)

(Die beiden Entdecker sind jedoch nicht einer Meinung: Malinowski behauptet, die Trobriandesen seien auf heitere Weise sozial und mit einer hohen poetischen Sensibilität ausgestattet, Lévy-Bruhl dagegen schwört, sie seien dumm und abergläubisch. Das unharmonische Duett zwischen diesen Gelehrten gehört zu den vielen Köstlichkeiten der modernen Anthropologie. Unbezahlbar.)

Ich gehe in diesem Moment auf dem Weg, der an der Bahnböschung entlangführt. Zwischen Widmad und dem Nachbarort Lewrosen.

Ohne danach zu suchen, erhalte ich einen Beweis dafür, daß das »Ereignis« kein Hirngespinst, keine Erfindung von mir ist. Mitten auf den Geleisen sehe ich eine Gemsenfamilie daherkommen. Zwei Geißen, ein Bock und die Kitze. Von den Bergen ins Tal herunter gekommen. Seit Menschengedenken ist so etwas nicht passiert. Im übrigen habe ich noch andere Anzeichen registriert, die auf Erfreuliches schließen lassen: Die Vögel machen einen höllischen Lärm, ihre Zahl hat sich vervielfacht. Zahlreicher geworden sind zu meiner Freude (denn ich habe sie, in musikalischer Hinsicht, immer geschätzt) auch die Nachtvögel. Die Eulen, die Uhus und natürlich die Käuzchen. Der Instinkt sagt ihnen, daß etwas eingetreten ist, das sie bestimmt nie zu hoffen gewagt hätten: Der Große Feind hat sich zurückgezogen. Es gibt keine Abgase mehr in der Luft. Auf dem Boden herrschen nicht mehr Gestank und Getöse. (O Menschheit, du wolltest gegen die Verschmutzung kämpfen? Ganz einfach: Man brauchte nur die verschmutzende

Gattung zu eliminieren.) Mag sein, daß dieses Ende eines kalten, nebligen Frühlings sie ermuntert. Gestern nach Sonnenuntergang ein Duett – ausdrucksvoller als das zwischen Lévy und Malinowski – zwischen zwei Käuzchen. Eines der beiden (das Weibchen?) hielt seinen Ruf um einen halben Ton von dem des Gefährten unterschieden und veränderte ihn nur in ziemlich langen und fast gleichen Intervallen. Die Melodie hat etwas Urtümliches an sich, nichts Unheimliches, wie immer behauptet wurde. Ich habe mich, ohne den Versuch, sie nachzuahmen, eingemischt und verharrte auf einem tiefen, andeutungsweise auf sie abgestimmten Baßton. Ich habe auch eine Dissonanz versucht. Anscheinend hat ihnen das nicht mißfallen, denn sie kamen näher. Wir haben gemeinsame Vorlieben: den Wald und die Nacht; ich bin nachtsichtig und nachtschwärmerisch, fast wie sie, und auch ich singe, wenn ich singe, nachts. Nur daß meine Stimmbänder, im Gegensatz zu den ihren, nikotingetränkt sind.

So gehe ich und kommentiere mir dabei das Ende der Welt, versuche es durch Beschwörung zu bannen. Genauer gesagt, das, was sich vor meinen Augen abspielt.

Das Ende der Welt?

Einer von den Scherzen der Anthropozentrik: das Ende der Spezies als den Tod der pflanzlichen und tierischen Natur implizierend zu beschreiben, als das Ende der Erde schlechthin. Das Einstürzen der Himmel. Es gibt keine Eschatologie, die nicht die Fortdauer des Menschen als wesentlich für die Fortdauer der Dinge ansähe. Man räumt zwar ein, daß die Dinge *vor* uns beginnen können, aber nicht, daß sie *nach* uns enden können. Der alte Montaigne, sogenannter Agnostiker, hielt es mit den Dogmatikern, mit den Theologen: »Ainsi fera la mort de toutes choses notre mort.«

Ach was, ihr Weisen und Anmaßenden, ihr nehmt euch zu wichtig. Nie war die Welt so lebendig wie heute, da eine gewisse Gattung Zweifüßler aufgehört hat, sie zu frequentieren. Nie war sie so sauber, leuchtend, fröhlich.

VIII

Ich erinnere mich an eine Menge Leute aus meiner eigenen (windigen) Branche, die über meine gegenwärtige Situation – vorausgesetzt, sie wären imstande gewesen, sie sich auszumalen – gesagt hätten: So etwas kann man sich nur als paradoxe Farce vorstellen. Mit gesellschaftssatirischer Absicht.

Aber eine solche Vorstellung wäre nicht paradox, sondern idiotisch.

Dagegen passiert es mir, daß ich mich frage, ob das Ganze nicht ein Traum ist.

Die Frage ist banal und menschlich wie ein Gähnen, aber in gewisser Hinsicht verfängt sie sich im Gezweig des spekulativen Waldes. Ich rekapituliere (auswendig, weil ich keine Bücher habe: seinerzeit wollte ich nicht einmal eines mit hier herauf nehmen) den Streit Pascals mit Descartes. Dieser entschuldigt sich, daß er die Wirklichkeit, die wir der Erfahrung zuschreiben und den Träumen absprechen, nicht zu rechtfertigen vermöge, worauf jener triumphierend antwortet: Aber wenn doch unser unmittelbarer und untrüglicher *Sinn* (*notre cœur,* sagt Pascal) genügt, um uns zu beweisen, daß die Erfahrung ein Ding ist und die Träume ein anderes oder das Nicht-Ding! Ich taste meinen Schädel ab, finde die Narbe von dem Stoß gegen den Felsen in der Siphon-Höhle, in der Schicksalsnacht zum 2. Juni. Und ich gebe Pascal recht.

Allgemein gesehen, war ich sogar empirischer als er: Die Wahrheit der Fakten, die Objektivität, reduzierte sich für mich ganz auf das »rassemblement des subjectivités«, den »consensus opinantium«. Wenn wir bereit sind zuzugeben, daß es notwendig ist, in bestimmten Zeiträumen die Steuern zu zahlen und die Öfen zu heizen, dann bedeutet das, daß die Kälte und der Fiskus keine Phantasiegebilde, sondern ernst zu nehmende Dinge sind. Heute ginge es freilich darum, festzusetzen, ob die »Opinanten«, die gesamte Spezies mit Ausnahme von einem, verschwunden sind, und darauf kann ich mir keine Antwort ebendieser Opinanten erwarten. Ich muß mich darauf beschränken, die Situation so zu nehmen, wie sie ist. Die Situation ist ganz gewiß seltsam, ja unerklärlich: Soll das heißen, daß sie nicht wahr ist? Nur die Optimisten geben sich der Illusion hin, daß das Reale rational sei, und ich bin nie ein Optimist gewesen. Jetzt schließlich bin ich dabei, mich zum plattesten Realismus zu bekehren. Das Reale, das auf seiner Seite die Dauer und die Kohärenz hat (Kohärenz im Sinn von Einheitlichkeit und Solidität), kann sich den Luxus erlauben, irrational und unerklärlich zu sein. Auch verrückt, wenn es ihm in den Kram paßt.

Gegen diese Unerklärlichkeit unternehme ich keine Anstrengungen.

Ich leide nicht an wissenschaftlichen Anwandlungen; nicht einmal, das bemerke ich zu meiner Ehre, im Sinn von Science-fiction. Ich habe nie an einen Völkermord mittels Todesstrahlen gedacht, an Epidemien, die von ruchlosen Venusbewohnern über die Erde verbreitet worden wären, an radioaktive Wolken weit abgelegener Explosionen. Ich habe sofort gespürt, daß sich das »Ereignis« nicht auf die gewöhnlichen Vorstellungen zurückführen läßt. *Scire nefas.* Ich füge hinzu: *Ridere licet,* in Anbetracht der Tatsache, daß ich (ich!) der Zuschauer bin.

Gestern bin ich zum erstenmal, durch gewaltsames Öffnen der Fensterläden, in das Haus meiner »Hüter« eingedrungen. Den Stall hatte ich schon vor einiger Zeit aufgemacht, um das Vieh herauszulassen. Die Wohnung der beiden habe ich ordentlich vorgefunden. Auch Hans und Frieda sind im Schlaf erfaßt worden: Die Decken des großen Ehebetts sind nicht zurückgeschlagen, sondern noch über die Personen gebreitet, die nicht mehr da sind. Man sieht die Ausbuchtung, die sie hinterlassen haben, als sie sich »ausfädelten«; sie sind nicht seitlich aus dem Bett gestiegen, wie man es normalerweise tut, wenn man aufsteht. Und nachdem sie sich ausgefädelt hatten – wie und wo haben sie das Haus verlassen? Die Tür ist von innen verschlossen, und der Schlüssel steckt im Schloß.

Haben sie sich verflüchtigt, volatilisiert, und sind dann aus dem Bett, aus ihrem Haus gesogen worden? Womöglich durch den Kamin? In diesem Fall (fällt mir ein) könnte es sein, daß der Prozeß nicht irreversibel ist. Oder nicht völlig irreversibel.

Im April wurde in Widmad das Symposium der Gesellschaft für Meta- und Parapsychologische Wissenschaften abgehalten. Jetzt, gut einen Monat danach, bewege ich mich in einer Dimension, die mir überaus »metapsychisch« vorkommt. Leider werde ich keine Möglichkeit haben, sie zu erforschen. Ein gewisser Herr Karotz sprach bei der Schlußsitzung des Kongresses, der einzigen, an der ich, als Laie, teilgenommen habe. Er sagte ungefähr folgendes: Bedenken Sie, daß die Vertreter unserer Wissenschaft gemeinsam arbeiten müssen; die metapsychische Praxis ist nichts für Einzelpersonen. Sie ist eine kollektive, eine Gemeinschaftserfahrung, und der Geist zeigt sich nur, wenn zumindest zwei oder drei in seinem Namen versammelt sind. – Ich also werde nie dahin kommen. Unnütz, auf Heraufbeschwörungen, Materialisationen, Antworten von bebenden Tischchen zu hoffen. Um das Tischchen herum muß man in Gesellschaft sein. Möglichst nach einem guten Mahl.

Hans war klein und dick. (Mit großen, hellblauen und

wäßrigen Kuhaugen.) Ich wäre neugierig zu sehen, welches Modell von Teleplasma er am Leibe trägt.

Der Kollege, der mich des Reduktionismus bezichtigte, kannte mich; ich sündigte und sündige auch weiter im Sinne der Vereinfachung. Das, was für jeden anderen ein Meer von Negation, der totale Schrecken wäre – ich schwimme darauf in einem Papierschiffchen. Gebastelt aus ein paar wenigen, mediokren, hie und da ironischen Allerweltsideen.

(Mir kommt dabei, indem sie mich abstumpft, eine affektive Verstopfung zustatten. Eine gemäßigte und hartnäckige, angeborene Unsensibilität.)

Ich werde versuchen, die mediokren Allerweltsideen beiseite zu lassen.

Das Verschwinden von Hans und Gattin aus ihrem Bett. Nun, die Vorstellung von einer volatil gewordenen Menschheit, die sich in der Atmosphäre aufgelöst, verflüchtigt hat, war mir bereits gekommen, und ich hatte sie von mir gewiesen. Dabei stimmt sie mit den Tatsachen überein. Sie ist unglaublich, aber ist nicht alles unglaublich? Die alten, erprobten Paradigmata haben ausgedient, man braucht anderes.

Verflüchtigung, warum? Überlegen wir: Es könnte sich um ein Reagieren der Natur oder einer Außernatur auf die Materialität handeln, in der »sie« lebten. Subhumaner Materialismus, um mit den Moralisten zu sprechen. Zäh und stumpf, sowohl im Westen (Praxis) als auch im Osten (Doktrin).

Der Existentialist Berdjajew bemerkte: »Sociologisme extrême emmène extrême individualisme.« In einer genauen Analogie dazu würde äußerster Materialismus Immaterialismus produzieren. Ontologisch.

Eine rein körperliche Welt, die nur an das Greifbare

glaubt, wird entkörpert. *Contraria per contraria expiantur.* – Aber ich habe Sühneakte nie gelten lassen. Entweder Strafe oder Rache, und zwar auf zeitlicher Ebene und nicht auf einer höheren.

Ich ziehe es vor, das dialektische Spiel zu spielen. Wenn ich die Gegenteile zu Gegensätzen befördere, habe ich (in annähernd äquivalenten Termini): den Materialismus des Realen und der Realisten, der sich dem Spiritualismus des Idealen und der Idealisten widersetzt. These, Antithese und als Synthese eben die Verflüchtigung der Körper. Die Triade funktioniert irgendwie, ein Neuhegelianer würde sie mir durchgehen lassen.

Ich muß aber auch leben, essen; meine Vorräte hole ich mir aus den Kühlschränken und Kellern des Hotels Mayr. Die Hotels sind alle großzügig bestückt (und offen, wie sie es in der Nacht zum 2. Juni waren), aber ich wähle das Mayr, das über ein gutes Sortiment an Weinen verfügt, Likörweinen wie den Moscato di Pantelleria und Dessertweinen wie Sherry und Portwein. Sachen, die ich mag. Ich gehe durch die Halle, wo noch die Koffer eines schwedischen Gastes (Dame oder Herr) herumstehen, der anscheinend in der Nacht angekommen ist und dessen Auto mit dem S-Schild immer noch vor den Eingangsstufen wartet, während sich im offenen Kofferraum der Regen sammelt. Ich steige die Dienstbotentreppe hinunter; wenn ich in den Küchenräumen bin, fülle ich mir meine Tasche und schließe dann alles wieder sorgfältig ab, wie ein guter Hausvater, der darum besorgt ist, seine Vorräte so gut wie möglich zu verwahren. Als ich wieder einmal nach getätigtem »Einkauf« das Mayr verlassen wollte, hatte ich plötzlich eine Halluzination.

In erster Linie auditiven Charakters und ohne irgend etwas Pathologisches; ein kurzer, angenehmer Traum mit offenen Augen. Warum gerade hier, kann ich mir nicht erklären. Eine Ähnlichkeit des Milieus – ich war noch in der Hotelhalle –, von Gegenständen, vielleicht Gerüchen? Ich weiß es nicht, aber wenn ich mich Zweifeln an der Wirklichkeit hingäbe, in der ich heute lebe, würde die so wohltuende und unpräzise, flüchtige Unwirklichkeit der Vision, die ich erfahren habe, mir diese Zweifel ausräumen. Ich habe mich wieder in der Villa am See gesehen, wo ich, zwischen einem Frühling und einem Herbst, außer von zwei leichten Krankheiten von der Jugend genas (ich war an dem Tag angekommen, an dem ich neunundzwanzig Jahre alt wurde) – und von einer Zwangsneurose.

Die Privatklinik Wanhoff, die »Grüne Villa«. So viel Grün, so viel Schatten, so viel Trostlosigkeit. Wenn nicht Karpinsky gewesen wäre.

Ich hörte eine Stimme, die seine.

Karpinsky, der Arzt, der mich damals behandelte, war ein intelligenter Mann. Geistig unabhängig oder zumindest kein Konformist. Und er war menschlich. Vielleicht mochten sie ihn deswegen nicht. Obwohl erst vor kurzem an die Klinik gekommen, wartete er bereits darauf, seine Stellung wieder aufgeben zu müssen (er ging noch vor meiner Abreise), und wurde von Wanhoff schlecht behandelt, schlecht bezahlt, nicht geschätzt: Dinge, die ich von anderen wußte, nicht von ihm; er begnügte sich damit, seine Arbeit zu tun, wirkte zufrieden – und im übrigen redete er sowieso nicht von sich.

Ich sah sein kleines Gesicht, umrahmt von dem kastanienfarbenen Bart (ein schöner, dichter Bart, der bei ihm jedoch wie ein Stigma wirkte), ich sah die kleine, schlecht genährte Gestalt neben meiner großen und massigen. Und er hatte seine beiden Hände auf meine Brust gelegt (in der Klinik hätte er sich das nie erlaubt), hielt die Aufschläge meiner Jacke fest. Ich hörte sein tonloses Sprechen, erfaßte dessen Sinn. Er machte mir Mut wie damals: Sie werden gesund, glauben Sie mir. – Ein heterodoxer Arzt mit einer Dissertation in Wien über die brieflichen Beziehungen zwischen Freud und Jung und bereit, sich über die PA hinwegzusetzen. Nichts Couch: Er war es, der redete; leise und eindringlich sprach er zu den Patienten. Nichts von Verhören, Krawattenkomplex und sonstigem Firlefanz. Eine Woche, um darüber nachzudenken, und dann die Schlußfolgerungen: Ich verhehle Ihnen nicht, daß Ihre Krankheit keine Intellektuellen-Neurasthenie ist und auch nicht bloß eine Neurose. Es handelt sich um ein ganzes Geflecht von Neurosen. Einige nicht so ungewöhnliche, wie die Pyrophobie und der Wiederholungszwang, der Sie, wenn Sie aus dem Haus gehen, viermal nachsehen läßt, ob Sie auch das Gas und das Licht ausgemacht haben. Mit alldem können Sie gesund werden, wenn Sie gesund werden wollen. Es hängt von Ihnen ab, von einer Entscheidung, die ich Sie jetzt, in diesem Augenblick, zu treffen bitte. – In der Vision oder unfreiwilligen Heraufbeschwörung oder Erscheinung hörte ich dieselben Worte wieder. Aber es war eine lebendige Stimme.

Ich kann nicht sagen, daß ich die Personen aus der Grünen Villa je vergessen hätte: Sie sind mir in Erinnerung geblieben, angefangen bei Wanhoff, dem namengebenden Direktor, bis zu den »Gästen«, darunter Mylius; jetzt jedoch erblickte ich eine davon. Eine, die sich ins Seelische kehrte und aktualisierte. Sie lebte als Erfahrung wieder auf, außerhalb und weitab von der Gedächtnis-Chronik.

Ich vergleiche Karpinsky mit den Früherkennungs-Managern. Er war väterlich (dabei aber zwei Jahre jünger als ich). Am Abend, wenn ich schon im Bett lag, kam er zu mir, bestellte mir telefonisch meine Tasse heißen Kakao und sagte zu mir: Trinken Sie, und dann machen Sie das Licht aus. Machen Sie das Licht aus und schieben Sie Ihr

Ich beiseite, denken Sie an alles, nur nicht an sich. – Und er machte einem nichts vor; manchmal sagte er zu mir: »In der Anstalt da drüben am anderen Ufer« (es war ein Lungensanatorium oder etwas ähnliches) »geht es fröhlicher zu als hier, und es ist leichter, wieder herauszukommen. Aber auch Sie können herauskommen, wenn Sie mir helfen.«

Er war jünger als ich. Zwei Jahre später erfuhr ich rein zufällig von seinem Ende. Er hatte in einen Streit zwischen zwei Krankenwärtern, in der Distriktsheilanstalt, eingegriffen und einen Messerstich abbekommen. Innere Blutung, nur 24 Stunden Agonie.

Er trank nicht, aß wenig: Er liebte die *Gauloises* (seine Finger waren gelb vom Nikotin) und die großzylindrigen Motorräder. Carlini, Wanhoffs Verwalter, lieh ihm seines, auf dem er lange nächtliche Spritztouren unternahm. Zweihundert, dreihundert Kilometer.

Die Halluzination läßt mich los, ich finde mich wieder in der Halle des Mayr, wo ich beinahe über die Koffer des schwedischen Gastes stolpere; auf dem Grund des Siphons oder des Sees der Einsamkeit, mit dem Heimweh nach dem kleinen Doktor Karpinsky, von dem ich jetzt, da es zu spät ist, merke, daß er mein einziger Freund war, vor und nach der Wanhoff-Klinik. Jetzt, da es zu spät ist. Das klingt nach Schnulzenpathos, aber ich empfinde es so. Während wesentlich vertrautere Personen, intimere Angelegenheiten oder Ereignisse lediglich in der Gedächtnis-Chronik registriert bleiben, ohne Echo.

Ich gehe jeden Tag an dem kleinen Chalet vorbei, wo, in einem Sommer vor ein paar Jahren, ich und die rothaarige Henriette unser Verhältnis inaugurierten.

Es war ein verschwenderisch schöner Abend, und ich ging mit ihr im Kiefernwald hinter dem Haus spazieren; sie sagte, sie finde es seltsam, daß unsere Beziehung »so neutral« bleibe. Das heißt platonisch. Sie (fügte sie hinzu) brenne vor Verlangen, »mein zu sein«.

Sie gebrauchte diese altmodische Wendung, die schon im physiologischen Sinn falsch ist. Zwanzig Minuten später hatte ich unsere Position geklärt, und sie gestand mir treuherzig, an Ort und Stelle, daß der Wunsch, den sie gehabt habe, in Wirklichkeit dem Bedürfnis entsprungen sei, mich »abzulegen«. Ich lachte darüber, aber ich hatte unrecht; diesmal drückte Henriette sich klar und deutlich aus: Das Bestreben, eine Sache oder eine Person materiell zu besitzen, verbirgt, mehr oder weniger, unsere Absicht, uns von ihr zu befreien, zu anderem überzugehen. Das, was wir besessen haben, können wir hinter uns lassen, in die Vergangenheit verbannen, in das bereits Getane. Gut gemacht, Henriette!

IX

Die Menschen haben in dreißig Jahrhunderten ungefähr 5000 Kriege angezettelt. Sie haben *das Unrecht* begangen (der Gedanke stammt von Albert Camus), die Geschichte, auch wenn sie nicht von ihnen begonnen wurde, *fortzuführen.* Ich verurteile sie nicht.

Ihre größte, oder jüngste, Schuld bestand in der Verunstaltung der Erde. Man pflegte weitere Vorwürfe hinzuzufügen: die Verschmutzung, die Verrohung (beziehungsweise, euphemistisch, die »Gewalt«). Die Inflation (ohne Euphemismus: die Geldpest).

Ich verurteile sie nicht. Vielleicht genügt es mir zu wissen, daß aus Chrysopolis Nekropolis geworden ist. In meinen Augen ist das eine angemessene Strafe. Vom ideologischen Gehalt abgesehen, übernehme ich, was irgendein Bolschewik 1917 von Petersburg sagte: »Diese Stadt zerstören, und zwar nur diese Stadt, um die Vergangenheit zu zerstören – und alles übrige kann am Leben bleiben.«

Mit Ausnahme von Chrysopolis verurteile ich sie nicht. Ich habe sie nicht verurteilt und nicht über sie gerichtet. Die einzig Verantwortlichen vor meinem Tribunal: die Konditionierungen durch das Milieu und die Chromosomen. Sie sind es, die die Geschichte machen und fortführen.

Heute würde ich außerdem sagen: Seit der Nacht zum 2. Juni fühle ich Bewunderung in mir. Nach soviel Plumpheit war dieser Abgang von ihnen elegant.

Sie haben keine Spuren hinterlassen. Ein Spiritualist würde sich darüber freuen: Das Leben war also nicht an die organischen Qualitäten gebunden, an die Körperschwere, an die Verwesung. Für mich, das gestehe ich, scheint sich diese Eleganz beinahe in der Komik eines wohlgelungenen Scherzes aufzulösen; ein Geist von Raffinement, der an Eskamotage grenzt.

Ich könnte sie dem Nichts weihen. Wesentlich schlimmer: sie vorzeitig in jenes höchst geordnete Chaos stürzen, das die Entropie ist. Ich bin jedoch optimistisch. Weit zurückliegende theologische Beschäftigungen ermutigen mich zu einer für sie schmeichelhaften Hypothese. Fast zu schmeichelhaft. Ihr Verschwinden würde sich in Glorie auflösen. Sozusagen als Belohnung.

Daß sie gelitten, daß sie inmitten jeder Art von Ungemach gelebt haben, scheint mir gewiß. *Kosmos holos en to ponero keitai,* die ganze Welt liegt im Bösen. »Bösen« natürlich nicht in moralischem Sinn; das moralisch Böse beginnt und endet mit dem Moralismus, das einzig Böse ist das Leiden. Wenn ein Individuum leidet, wenn ihm das fehlt, was es braucht, um *zu sein.* Aber in diesem engen und konkreten Sinn hatte sie das Böse von allen Seiten, in jedem Augenblick belagert, in jeder ihrer Handlungen und auch in jedem ihrer Gedanken, wenn man berücksichtigt, daß schon die Erwartung des Leidens, die Angst, perfektes Leiden ist. Sie haben sich kasteit, geläutert – ohne es im geringsten zu wissen, zu wollen. Die Zeit war reif für den Lohn, die Rechte der menschlichen Ökologie sollten endlich anerkannt, wiederhergestellt werden. Der 2. Juni, zwei Uhr früh, war der dafür vorgesehene Termin: Die Menschheit, en masse angelisiert (ich nenne das mal so), erhob sich in ein Empyreum. Alles läuft in der Stille ab. Dieses eine Mal in der Stille und ohne Rhetorik. Ein Schwarm von Seelen, der unschuldig den nächtlichen Himmel füllt.

Doch das Anstellen von Vermutungen über das »Ereignis« ist nichts, was mir auf den Nägeln brennen würde. Das

»Ereignis«, oder der Auszug aus Ägypten, wirft drängendere Probleme für mich auf.

Ich bin ein Robinson, dessen Robinsonaden, dank der Umstände, harmlos erscheinen können. Doch gewisse kleinere Schwierigkeiten bleiben: Ich muß an den Augenblick denken, in dem das Licht (der Strom) ausbleibt. Ich versuche Kerzen zu hamstern. Nicht einmal im Kaufhaus waren welche zu finden, sosehr ich auch herumgesucht habe. Schließlich habe ich mich dazu bequemt, sie aus dem katholischen Kirchlein Sankt Wilfridus zu holen. Bündelweise. Die kleine Kuh, die sich nicht vom Haus meiner – und ihrer – Hüter entfernt und mit dem Gras, das sie zwischen den Kiefern findet, vorliebnimmt, läßt sich nicht melken, und ich habe so ein Verlangen nach frischer Milch. Ob sie überhaupt schon eine Kuh ist und nicht noch eine jungfräuliche Färse? Ihr Euter ist klein und runzelig. Kalt und regnerisch, diese Sommersonnenwende: Ich gehe mit der Axt hinaus, um Holz für den Ofen zu schlagen. Auch wenn ich mich dann damit begnüge, die Zweige und Stekken, die mir vor die Füße kommen, aufzulesen.

Und ich beobachte mich.

Auf dem Prüfstand einer unbekannten, reichlich extremen und zermürbenden Situation bilde ich ein Studienmaterial von gewissem Interesse. An Kompetenz fehlt es mir nicht gänzlich: Ich kann auf Präzedenzien zurückblicken, ich habe einiges über Psychologie zu Papier gebracht – und sei es auch nur, um das eigene Nest zu beschmutzen. Was mir fehlt, ist der Geschmack an mir selbst. Ich habe lange dem Solipsismus zugeneigt, und dabei bin ich weder introvertiert noch introspektiv. Bei genauem Hinsehen hat beides auch nichts miteinander zu tun: Nietzsche, krasser Solipsist (wenn er es sich auch nicht eingestand), führte keine Tagebücher; der flackrige Marcel Proust und der weinerliche Frédéric Amiel, Schwergewichte (und langweilige Helden) der Introversion, kannten die andere Tendenz nicht und wußten nicht, was es bedeutet: »Ich will die Welt für mich allein.«

Meine Selbstanalyse müßte von der spezifischen Gegebenheit ausgehen, daß ich mich im Zustand völliger sozialer Imponderabilität befinde. So möchte ich das definieren. Totale Abwesenheit von interpersonellen Beziehungen. Zum Beispiel bin ich nicht mehr passives Subjekt, oder Empfänger, einer – dem Anschein nach so wesentlichen – Sache, wie sie die »Nachricht« darstellt; weder Zeitung noch Radio, noch Gespräch. Nichts. Ein abgrundtiefer Entzug. Oder ein Vorzug. Was mir lieber ist.

Aber was für ein Glück wäre dieser mein Grenzfall für die Psychologie, für die Soziologie, für die Soziopsychologie gewesen! Sie hätten an mir entdeckt:

Störungen, Ausfälle, Dysfunktionen
Dekompensationen, Regressionen
Atrophien, Zerrüttungen
Verfallserscheinungen, Ausweichtendenzen
Brüche, Zusammenbrüche
Zerstreutheit, Zerfahrenheit, Verworrenheit
Eintrübungen, Verfinsterungen
Stürme (neurotische)
Entlaubungen (affektive)

– ganz zu schweigen von der Abteilung Angst (oder auch Anspannung und Streß) mit ihrer umfassenden Typologie und ihrer komplexen Semiotik.

Angesichts einer solchen Rabelaisschen Überfülle an Wendungen wäre einzuräumen, daß die Psychologie oder Psychodiagnostik mit den ihr angeschlossenen Disziplinen nicht nur eine emsige klinisch-kulturelle Industrie war. Sie war vor allem auch eine dichte linguistisch-literarische Konkretion, ein Gebäude aus Metaphern und Tropen (wenig erfreulichen), und darin erwies sie sich als einer der legitimen Erben der Rhetorik.

Zurück zu meinem »Grenzfall«: Ich beobachte mich, ohne besonderen Eifer und Enthusiasmus, im Hinblick auf zwei engbegrenzte Komponenten, nämlich Ideation und Behaviour. (In rein vegetativer Hinsicht gibt es, nebenbei bemerkt, nichts zu vermelden; mein Gesundheitszustand hat sich nicht verschlechtert, im Gegenteil.)

Ideenbildung: Ich stelle mit Verwunderung fest, daß ich keinerlei Vorkehrungen treffe, ich lebe von einer Stunde auf die andere. Und da die Vorkehrungen nur phantastisch sein könnten, schließe ich daraus, daß meine Phantasie, die nie sonderlich beflügelt war, noch träger geworden ist. Das Außergewöhnliche der Situation setzt sich nicht in einen Antrieb um, wie es bei jedem der Fall wäre, der über mehr Phantasie verfügte als ich.

Verhalten: Wie alle Einsiedler, genauer gesagt alle *maroons,* vernachlässige ich die körperliche Sauberkeit. Seifenkonsum auf ein Minimum reduziert. Fingernägel lang und schmutzig. Gesteigert die Gaumengelüste auf alles Süße: Schokolade, Kuchen, Eis, Kekse, Torten, kandierte Früchte, Torroni, Bonbons und ähnliches. Sexuelle Wünsche im Abnehmen, sicher in Ermangelung des physiologischen Reizmittels, der Frau. Im Unterschied zu allen Einsiedlern (oder *maroons*) denke ich nicht laut.

Eine Reaktion überrascht mich, nämlich meine neue Art, an »sie«, die Verschwundenen, zu denken: als Ganzes, als Kollektiv. Unerwartete Neigung zu verstehen, zu bedauern. Sympathie, Empathie. Mit einem unverhofften Flossenschlag kommt eine abgesunkene menschliche Solidarität wieder an die Oberfläche.

Ich habe beschlossen, zu ihrem Gedächtnis auf dem Marktplatz (Widmad) ein Kenotaph zu errichten. Ich glaube, daß man so sagt. Ich habe zwei Tage daran gearbeitet:

Ein Lieferwagen und ein Mercedescoupé bilden den Sockel des Monuments. Etwa zwanzig Fernsehapparate, die ich aus dem Warenhaus herbeigeschleppt habe, das Mittelstück. Auf den Fernsehern ein paar Fotoapparate und Filmkameras, Körbe mit Cocacolaflaschen. Ganz oben, etwa drei Meter über dem Boden, ein riesiges Plakat, das das Schaufenster eines Reisebüros ausfüllte. Ein Kodachrome von 3 x 2 Metern, das dem Betrachter einen Strand aufdrängte, mit dem berühmten weißen Sand der Bahamas und der Aufforderung: »Fliegen wir dorthin – in eine bessere Welt!« Etwa nach dem Tenor des tahitianischen Liedes: *Native gods are calling / To them we belong.*

Der Regen, der dünn auf den Marktplatz von Widmad fällt, nimmt dem blauen Himmel der Tropen, dem grünen Meer, dem weißen Sandstrand nichts von ihrer Leuchtkraft. Ich bin zufrieden mit dem Einfall und der Ausführung. Kein untergründiger Sarkasmus: Diese Dinge waren »ihnen« lieb, aber sie haben brav darauf verzichtet. Und es ist nicht sicher, daß sie dazu gezwungen wurden. Wer sagt mir, daß sie heute nicht froh sind, in einer Welt ohne Softdrinks, Autos, Bildschirme zu leben? Mein Monument erinnert, ohne Ironie, an ihre Gewohnheiten. Es ist eine gebührende Hommage, kaum von Rhetorik beleckt.

Einen (auf jeden Fall) gibt es, an dem sich das Monument nicht inspiriert hat und auf den es nicht abzielt: meinen kleinen jüdischen Doktor. Es ist paradox: Das einzige Individuum, dessen Tod für mich auf historischer, einwohneramtlicher Ebene feststeht, ist das einzige, das mir *nicht* tot zu sein scheint. Es lebt oder ist wieder zum Leben erwacht. Ich könnte, pathetisch, sagen, daß es »in mir« wieder zum Leben erwacht sei. Eine Art von postumem *engouement.* Oder hat dort in der Klinik, zum Ruhm der PA, die klassische Übertragung zwischen den Psycho-Operierten und dem Psycho-Operateur, dem behandelnden Arzt, tatsächlich funktioniert? Es kommt mir so vor, als sei bei Karpinsky der ärztliche Habitus zugunsten einer in ihrer Bescheidenheit sehr ausgeprägten und markanten Persönlichkeit zurückgetreten. Eine der seltenen Begegnungen in meinem Leben, vielleicht die einzige, für die es sich lohnte, den Ich-Planeten zu verlassen. Natürlich hat er meine damalige Krankheit mit ebenso diskreter wie subtiler Intuition behandelt. Aber es war nicht das professionelle Feld, auf dem sich unsere Beziehung entwickelte. Diese Art, mich mit den wachsamen, sanften Augen zu fixieren. So bereit, ja zu sagen, mit Güte – auch wenn die verbale Formulierung negativ ausfiel. Einmal habe ich ihn gefragt: Ist es für einen wie mich eher eine Berufung oder eher eine Verpflichtung, Junggeselle zu bleiben? »Weder das eine noch das andere.« – »Sie scherzen, Herr Doktor.« – »Aber nein«, erwiderte er. Und mit dem Kopf deutete er an: doch, doch.

Ich finde in einer Schublade, in meinem Chalet, ein vor etwa zehn Tagen begonnenes Heftchen mit dem Titel:

»Ich und eine extravagante Hypothese«.

Die extravagante Hypothese bezieht sich, selbstredend, auf die Situation, in der ich seit dem 2. Juni lebe. Ich habe gut daran getan, es beim Titel bewenden zu lassen. Nicht weil »Schreiben immer ein Verfälschen ist«, wie ich selbst einmal in meiner Jugend geschrieben habe. Sondern weil ich diesmal geschrieben hätte, ohne etwas zu schreiben zu haben.

Jede Sache, ob gut oder schlecht, ist akzeptabel, wenn sie einen Sinn hat. Wenn sie vernunftgemäß ist, hätte man 1830 gesagt; wenn sie sich in eine Wertordnung fügt, hätte man 1930 gesagt. Aber die Sache ist auch heute wahr. Das, was mir geschieht, hätte für einen moralischen Menschen irgendeinen Sinn. Vielleicht auch für einen gläubigen, für den es eine Vorsehung gäbe, um sich ihr anheimzugeben. Und hätte sie für einen ideologiegläubigen einen Sinn? Aber ja, es würde ihm gelingen, ihn aufzuspüren. Die (sozio-politische) Ideologie dringt wie der Geruch der Kohlsuppe überallhin.

Ich tappe im dunkeln. Ich sehe nicht, worauf ich das, was mir geschieht, beziehen soll (»auf welchen Zweck?«). Das heißt, ich kann es nicht einordnen, keinen Platz dafür finden. Während ich es erleide.

Ich erleide es: Von dem, was geschieht, »mir« geschieht, bin ich ein wesentlicher Teil. Auch wenn ich bloßer Zuschauer wäre, könnte ich behaupten, daß alles, was geschieht, für mich geschieht. Das Schauspiel wäre ausschließlich zu meinem Nutzen, eine Art *itinerarium mentis in Mortem*, eine Annäherung an, eine Propädeutik für den Tod, zu meiner Erbauung. Freilich, gerade der Nutznießer kann keinen Nutzen daraus ziehen, da er keinen Sinn darin findet. Unnütz, Heftchen zu beginnen. Irgend jemand (wer? Der Italiener Pasolini?) sagte einmal von einem seiner Werke: Es ist zu dem Zweck entstanden, keinerlei Bedeutung zu haben, nicht einmal eine formale. – Von meiner jetzigen Situation könnte ich ungefähr das gleiche sagen. Und ich sollte mich damit abfinden, daß die Tatsachen, wenn sie sich erlauben, ohne Erklärungen auszukommen, sich auch erlauben können, keine Bedeutungen zu haben, nicht einmal verborgene.

Unter dem Aspekt des *behaviour* zeigte das Heftchen das Bedürfnis zum »Wiederkäuen«, zur intellektuellen Zusammenfassung. Ein Symptom der Anpassung. Die Angst ist eine Diktatur: Sie ergreift die Macht, danach versucht sie, den Putsch durch die Proklamation der Normalisierung vergessen zu lassen.

Ein anomales Verhalten ist dagegen das folgende. Ich

empfinde nicht das Bedürfnis, ihre Stimmen wiederzuhören. Ich besitze eine historische Rarität, eine Schallplatte mit einer Rede von de Gaulle (»Aidez-moi!...«). Eine fossile Figur, keine angenehme Stimme, aber dennoch ist es die Stimme eines Menschen. Sie zieht mich nicht an. Mich würde auch das ein wenig schrille Falsett Henriettes nicht anziehen, wenn ich es je konserviert hätte; oder der weiche, männliche Alt Friedas, die, wenn sie im Haus herumfuhrwerkte, Verse aus dem lutherischen Psalter vor sich hinsang. Als Konserve besitze ich dagegen den alten Alban Berg, und den habe ich mir wieder angehört. Das Violinkonzert, eine Tonstruktur, aufgebaut auf einer Folge reiner Quinten. Das Besondere ist, daß Berg hier einen Kompromiß mit dem Ancien régime einging, was einem Konservativen wie mir nicht mißfällt. Drei aufeinanderfolgende Töne bilden einen Dur-Dreiklang, drei andere einen Moll-Dreiklang, und so öffnete sich eine Bresche für die Rückkehr zur Tonalität. Die vier Schlußtöne der Reihe sind Elemente einer Obertonreihe. Im letzten Satz hob Berg die vier Töne hervor, um (mit den fast unveränderten Originalharmonien) den Choral »Es ist genug« einzuführen, entnommen der von Trauer erfüllten Bachkantate »O Ewigkeit, du Donnerwort«.

»O Ewigkeit, du Donnerwort.« Nicht ohne Angst habe ich mich gefragt, ob die extravagante Hypothese (die aus meinem Titel) nicht in einer verborgenen Verwandtschaft zu den Phantasien von Bach-Berg steht.

Weg mit den Heftchen, ich fahre fort zu denken, zu beobachten, mir Ideen, Eindrücke und so weiter durch den Kopf gehen zu lassen. Für wen tu ich das? Für Karpinsky?

Ich glaube nicht. Eher glaube ich, daß ich, wenn ich denke, beobachte und so weiter, das allein für mich tue, und ich bin froh, daß ich es tue. Ich bin der Adressat, nicht der provisorische Verwahrer.

Wiederum ein Axiom, das sich Lügen straft: »Wir denken nur in Abhängigkeit von anderen.« Der alte Durkheim, einer der theoretischen Väter des »sociologisme extrême«, verstieg sich zu der Behauptung, daß das Wesen des Begriffs darin bestehe, das Individuelle dem Sozialen unterzuordnen; das ist so, wie wenn einer verkündete: Die Walderdbeeren sind verstaatlicht.

Alles Quatsch. Ich sollte aufhören, Begriffe zu bilden, nur aus dem Grund, weil »die anderen« nicht mehr da sind, um sie zu goutieren?

Ich bin, also denke ich. Die elektronischen Rechner fahren fort zu funktionieren, oder zumindest sind sie in der Lage zu funktionieren, gleichgültig, ob die Operateure und die Benutzer da sind oder nicht; so unbeirrt, daß ich, wenn ich wollte, mit ihnen ein Gespräch anfangen könnte – wenn das für mich nicht wiederum nach Theorie schmeckte (kybernetischer Theorie). Oder nach Science-fiction. Ihr Speicher bleibt imstande, Daten zu registrieren, zu analysieren und dann aufzubereiten. Ich mag unbescheiden sein, aber ich sehe nicht ein, warum ich, auch in Abwesenheit von Operateuren und Benutzern, nicht fähig sein sollte, das gleiche zu tun.

Das Denken, wenngleich auf höherem Niveau als dem meinen, war fast immer einsam, Selbstzweck, asozial. Geheimnis von Monaden, die keine Fenster hatten – oder sich nicht die Mühe machten, ans Fenster zu treten. Die Idolatrie der Kommunikation war ein Laster der jüngsten Zeit.

Und alles in allem war die Gesellschaft lediglich eine schlechte Gewohnheit.

X

Nachrichten aus Arkadien: Ich verfolge eine von den Ziegen meiner Hüter durchs Gehölz und über nasse Wiesen; es gelingt mir, sie zu fangen. Sie ist mir zufällig über den Weg gelaufen. Ich schleife sie buchstäblich nach Hause und binde sie, ihren Stößen ausweichend (nicht allen), in dem leeren Stall an. Ich melke sie bis zur Erschöpfung, meiner und ihrer. Die dicke, salzige, fette Milch, jedoch mit einem Geschmack nach Wildnis, ist eine Ur-Milch, jung und alt wie eine Legende aus grauer Vorzeit; ein Genuß. Dagegen habe ich bei der Hütte auf der Kastellspitze in ungefähr 1800 Metern Höhe eine unangenehme Überraschung erlebt. Mit einemmal taucht, in Emaille und riesig, aus dem Dunst das Wappen der Stadt Chrysopolis vor mir auf: ein großes Schild, von den Mitgliedern eines Gesangvereins, die hier ihren Sommersitz aufgeschlagen hatten, über der Tür angebracht. Niemand hatte mich je darüber informiert, und es hat mich richtig verdrossen; ich habe es als Affront empfunden. Weitere Einbrüche in mein Reich? Um ehrlich zu sein, das Eindringen stört mich gar nicht so sehr; was mich kränkt, ist die Herkunft der Eindringlinge.

Ich kann unsere kleine Metropole einfach nicht ausstehen. Es genügt schon ihr Name oder ihr Emblem, um mich zu ärgern.

Eine Feindseligkeit, über deren Motive nachzudenken ich bereits seit einer Weile aufgegeben habe – wie ich mich überhaupt weigere, mich näher zu erforschen. Im besten Fall gehe ich per Exklusion vor: Es ist nicht dies, es ist nicht jenes. Es ist beispielsweise keine wütende Ablehnung auf Grund bewußter sozio-politischer Impulse. Ich habe keine Impulse, politisch gesehen. (In dieser Hinsicht könnte ein Kritiker meine Position durch nur drei Koordinaten bestimmen: Isolationismus des Intellektuellen, verschwommener Anarchismus, kleinbürgerlicher Konservativismus, jener kleinbürgerliche Geist, in dem Lenin den Feind Nummer eins sah.) Chrysopolis verkörpert eines der Antriebszentren des Monopols, eines der Gehirne des (kapitalistischen) Systems, vielleicht seinen gewaltigsten »Magen«. Aber ich lehne es nicht deswegen und als solches ab. Und es hat auch nichts mit Ambivalenz (Haß-Liebe) zu tun, mit dem Groll gegenüber der Stadt, von der wir uns Belohnungen, Kontakte, Erfolge erwartet haben und die sie uns verweigert hat. Es ist etwas anderes. Organische Unverträglichkeit, Atavismus des Bergbewohners? Unterschwellige moralische Einwände? Ich weiß es nicht, und es liegt mir auch gar nichts daran, es zu wissen. Schließlich muß man sich en bloc annehmen, muß sich leben lassen. Ich weiß, daß ich das Wappen von Chrysopolis mit Steinen beworfen habe. Ich ziele gut, aus 20 Metern Entfernung habe ich es unkenntlich gemacht und mich dabei amüsiert wie ein kleiner Junge.

Die Lebensphilosophie von Mylius (Ex-Paranoiker) war düster und unwiderlegbar, auf traurige Weise beruhigend.

Die Menschen seien schon zu Lebzeiten halbtot. Ich denke erst jetzt wieder an die Unterhaltung mit Mylius: Was die Erinnerung auslöste, war der Diskurs mit mir selbst über die »Annäherung«, das *itinerarium mentis.*

Ein Aprilmorgen. Wir nahmen den Kaffee auf der Terrasse des Hotels Zemmi, vor einer strahlenden Kulisse, ganz Schnee und Sonne; die mit Schlagsahne verzierte Sachertorte war die reine Augenweide. Ich weiß nicht, warum der Alte ausgerechnet diesen Augenblick wählte, um mir seine Philosophie darzulegen. Eine Vorahnung?

Mylius: Man muß von der realistischen Prämisse ausgehen, was »tot sein« für uns bedeutet. Nichtteilnahme an der äußeren Welt, Unempfindlichkeit, Gleichgültigkeit. Wenn man unterstellt, daß der Tod das sei, kommt man zu dem Schluß, daß das Leben ihm gleicht, wobei der Unterschied rein quantitativ ist. Im idealen Fall müßte das Leben Lernen, Erfahrung, Interessen bedeuten, aber Sie verstehen, daß im Vergleich zum Leben in diesem Ideal und in dieser nie erreichten Fülle, im Vergleich zu der theoretisch möglichen Vielfalt von Erfahrungen (oder Beziehungen), jeder von uns sich nicht sonderlich von einem Toten unterscheidet. Das Merkmal des Toten ist die Unempfindlichkeit: Nun führen die Unwissenheit und (fügen Sie hinzu) das Vergessen oder die Leichtigkeit zu vergessen uns Lebende, fast für die Gesamtheit der möglichen Erfahrungen (oder Beziehungen), zu einer analogen Unempfindlichkeit. Wir sind tot für all das, was uns nicht berührt und nicht interessiert. Ich sage nicht etwa, für das, was auf dem Mond geschieht, sondern für das, was denen geschieht, die uns gegenüber wohnen. Von den Myriaden von Ereignissen, die sich Tag für Tag in unserem allernächsten menschlichen Umkreis begeben, kennen wir nur einige, sagen wir ein paar Dutzend, und für gewöhnlich auch nur aus zweiter Hand. Wir verwenden von den 3000 Sprachen, die man auf der Welt spricht, lediglich eine einzige, und auch die schlecht. Biologisch sterben heißt, sich in einem Status zu vervollkommnen, in dem wir uns bereits jetzt befinden.

Ich: Aber mein biologischer Tod macht mich unempfindlich gegenüber *meinem* privaten Individuum, während ich, solange ich lebe, das, was mein Individuum betrifft, erleide oder genieße – und wie!

Mylius: Es gibt keinen Grund, aus unserem privaten Individuum ein bevorzugtes Objekt der Erfahrung zu machen. Alles, was real ist, kann erfahren werden, und wir sind dessen nicht fähig; wenn man das Leben, wie es nur recht und billig ist, daran messen soll, haben wir davon nur wenig. Daß wir uns damit trösten, dieses wenige sei für uns wichtig oder wertvoll, ist zwar eine verständliche Haltung, die jedoch die Situation nicht besser macht.

Ich: Mag sein. Aber mir würde dieses wenige genügen.

Mylius: Betrachten Sie die Blindheit eines Toten und die Blindheit eines Lebenden. Welcher Unterschied besteht? Unsere Unwissenheit und damit Gleichgültigkeit, Unempfindlichkeit gegenüber fast der Gesamtheit der möglichen »Gegebenheiten« oder auch gegenüber den effektiven Erfahrungen der anderen, das heißt unserer Artgenossen, ist Okklusion im wahrsten Sinn des Wortes. Jene Gegebenheiten, jene Erfahrungen, »gibt es nicht« für uns, und uns gibt es nicht für sie. Es spielt keine Rolle, daß sie für andere Individuen das Geschehen des »Alltags« bilden: Wir, hier, sind tot, und es besteht kein Grund, diesen Tod »metaphorisch« zu nennen. Es ist ein partieller Tod, aber real.

Ich: Das Leben ist Bewegung, der Tod Bewegungslosigkeit.

Mylius: Der Unterschied zwischen den beiden Zuständen wird nicht geleugnet: Sicher, das Leben ist Bewegung. Jedoch eine zirkulare Bewegung (um den kleinen Kern herum, den man »Ich« nennt), eine so begrenzte Bewegung, daß sie einem Auf-der-Stelle-Treten gleichkommt. Begrenzt von dem mächtigen Kreis der Schatten all dessen, was unserer Wahrnehmung entgeht oder dessen Wahrnehmung uns nicht interessiert. Und ich spiele nicht auf die Gesamtheit des Wissens an und erst recht nicht auf das »Geheimnis des Universums«, ich spiele auf das an, was die alltägliche Realität und, wie ich bereits sagte, die uns am nächsten liegende ausmacht.

Sprechen wir ruhig von vitaler Dynamik des Individuums, von einer potentiell unendlichen Vielfalt an Beziehungen oder an Erfahrungen. Aber machen wir uns klar, daß das Rhetorik ist. Jeder ist an sein winziges Stückchen

Realität gefesselt, und de facto kommt er nicht darüber hinaus. Die gegensätzliche Rhetorik, die von der Inkommunikabilität, rechtfertigt sich nur in diesem Sinn. Nicht nur das Handeln, sondern auch das Lernen, das Fühlen sind Funktionen, mit denen wir uns im Kreis bewegen. Und bedenken Sie, wir sind Individuen, wir bewahren Kohärenz und Stabilität (auch organisch) gerade dank dieser Tatsache. Um uns herum ist das Mögliche, das fast nie real wird (für uns), und dieser Unermeßlichkeit gegenüber sind wir verschlossen und abgesondert: zu unserem Glück, denn andernfalls würden wir uns verlieren. Determination ist Negation, unser Status als Individuen erfordert diese engen Grenzen, wir bestehen aus Exklusionen, aus Okklusionen. Doch das bewirkt, daß dem Leben, zumindest dem unseren, das, was wir sein Gegenteil nennen, sehr ähnlich ist.

Ich: Das ist nicht vergnüglich.

Mylius: Das ist nicht vergnüglich? Ganz im Gegenteil, es ist tröstlich, wenn man bedenkt, daß wir alle eines Tages sterben müssen. Auch Sie, wenn Sie auch noch jung sind. Oder glauben Sie, eine Ausnahme zu machen?

Ich: Nein, bestimmt nicht. (Es ist klar, daß ich in diesem Augenblick *nichts* vorausahnte.)

Mylius: Denken Sie an die Ataraxie oder Unerschütterlichkeit, die für den Stoizismus, den Buddhismus, die christliche Askese den Gipfel des spirituellen Lebens bedeutet. Eine solche Gleichgültigkeit gegenüber den geistigen oder körperlichen Übeln antizipiert die Unempfindlichkeit des Toten. Aber auch für den weltlich Gesinnten ist die Unerschütterlichkeit oder Unempfindlichkeit des Todes die Grenzsituation, die der Heros anstrebt, der Mann, jedenfalls der mit Mut begabte, der echte Mann. Das findet seine ausdrückliche Bestätigung in der berühmten Wendung »perinde ac cadaver«. Sie kennen ja die Geschichte von dem Soldaten, der seinen toten Kameraden vor dem Schützengraben liegen sieht und sagt: Sieh mal einer an, das ist der Tapferste von allen, der liegt da, mitten im Maschinengewehrfeuer, und betrachtet in aller Ruhe den Himmel. – Die Geschichte ist nicht zynisch, sie ist tief.

Soweit der Philosoph Mylius an jenem Aprilmorgen. Im übrigen ein Glück für ihn: Wenn er von seiner These überzeugt war, so wird das Ereignis für ihn weder überraschend noch schmerzlich gewesen sein. Der radikale Pessimismus grenzt an Optimismus.

Ich sollte hinzufügen, daß mein Philosoph fast sechzig Jahre alt war, daß ihn eine Arthrose festgenagelt hielt, daß seine Frau ihn ein paar Jahre zuvor hatte sitzenlassen, um mit einem Assistenten an seinem eigenen Lehrstuhl durchzugehen. Bei all dem hatte diese Philosophie ein Verdienst: Sie stellte sich gegen die Rhetorik. Sie zerstörte eine pseudo-fatale Antithese, wie sie der Natur wahrscheinlich unbekannt ist. Ich kann tatsächlich in gewisser Weise Trost darin finden.

Widmad, 8 Uhr. Ich bin dabei, das Monument, meine Erfindung, wieder zu bewundern. Es hat sich nicht verändert, es hält den Unbilden der Witterung (heute früh Wind und Schneeschauer) stand, aber es erweckt in mir einen Verdacht. Das Landschaftsplakat, die Sonne hoch über den Bahamas, der weiße Sandstrand, die Aufforderung »Fliegen wir dorthin – in eine bessere Welt!« Und wenn der Auszug aus Ägypten ein Auszug auf die Bahamas gewesen wäre? Oder auf andere unbekannte Selige Inseln?

Von einem, der aus dieser Welt scheidet, pflegte man zu sagen, er gehe »in eine bessere«. Und genau dazu lud das Plakat ein. Der Tod als Lohn, als kollektive touristische Emigration, das ließe sich ausdenken in einem Jahrhundert, das, wie das unsere, im großen Stil dem Reisen als erzieherischer Übung frönte.

Der Tourismus parodiert die totale Mobilmachung, sagte Hans Magnus Enzensberger.

Jedoch, es stellt sich das logistische Problem. Die Frage der »Aufnahmefähigkeit« hat auch für die reinen Geister ihre Bedeutung. Weder die Bahamas noch sämtliche Antillen zusammengenommen könnten eine so unermeßliche Kollektivität aufnehmen. Das Paradies muß doch auch ein Minimum an Komfort bieten.

Ich kehre zu meiner ersten Hypothese zurück. Volatilisation – Sublimation. Sublimation – Assumption (in den Himmel).

Sehen wir zu. Es gibt eine Schrift von Iamblichos, die mir vor langer Zeit (ich weiß nicht mehr, in welchem Zusammenhang) untergekommen war. Sie handelte vom Ende der Spezies und trug den Titel *Dissipatio humani generis.* Die Fassung, an die ich mich erinnere, war lateinisch, und es scheint, daß im späten Latein *dissipatio* »Verdunstung«, »Zerstäubung« oder etwas ähnlich Physisches bedeutete – und eben ein schicksalhaftes Phänomen dieses Typs deutete Iamblichos in seiner Beschreibung an. Im Vergleich zu anderen prophetischen Schriftstellern war er weniger katastrophenfreudig: keine Sintflut, kein Holocaust »solvens saeclum in favilla« etwa wie heute eine Atomkatastrophe. Die menschlichen Wesen durch plötzliches Wunder in ein Spray oder ein nicht wahrnehmbares (und unschädliches, wahrscheinlich geruchloses) Gas verwandelt, ohne dazwischenliegende Verbrennung. Was, wenn auch nicht ruhmreich, so doch zumindest schicklich wäre.

Ich blicke auf Sünden der Gelehrsamkeit zurück, die ich auch nach einer Abstinenz von Jahren nicht bereue.

Bis zu Ezechiel (ungefähr zehn Jahrhunderte nach Moses) gibt es selbst im Judentum keinerlei Hinweis auf die Vorstellung von einem überirdischen Leben, das den Menschen nach ihrem Aufenthalt auf der Erde reserviert wäre. Die Gerechten wurden mit Wohlergehen (irdischem) und mit Langlebigkeit belohnt; so wird von Abraham gesagt, daß er »satt an Jahren« starb. Später wurde der überirdische Lohn bekanntlich zu einem der Grundingredienzen des religiösen Rezepts für Juden, Christen, Muselmanen und zum bevorzugten Thema der angeschlossenen Theologien und Literaturen. Unter den Zahllosen ein Salvianus von Trier, der im 3. oder 4. Jahrhundert lebte. Einer der weniger berühmten christlichen Autoren, Hagiograph und Apologet. In einem Brief an den Bischof seiner Stadt, *De fine temporum* (glaube ich: ich habe jetzt keine Möglichkeit, es zu verifizieren), kommt Salvianus, erfaßt von evangelischem Erbarmen angesichts der Leiden der Menschen, auf eine ersehnte allgemeine »sublimatio« zu sprechen.

Anerkennenswert, daß er die letzte Erlösung sogar den Heiden zubilligte, und diese bestand in einer Aufnahme in den Himmel, nachdem die Körper, lebendig, in einem einzigen ungeheuren Ereignis ätherisch geworden waren. Jäh und unerwartet. Ich zitiere aus dem Gedächtnis: »Mundus permanebit.« (Und da haben wir's!) »Viri, mulieres, pueri, humani viventes cuiuscumque aetatis, ordinis vel nationis, raptim sublimabuntur.« (Salvianus hat Freud nicht inspiriert; die Sublimation bei Freud ist eine harmlose Metapher.)

Freilich, Salvianus verband mit der Milde eine aussondernde Gerechtigkeit. »Nihil huius gloriae decet peccatorem.« Die Heiden als solche können sich sublimieren, die Sünder nicht. Es wäre interessant zu wissen, zu welcher der beiden Kategorien ich gehöre. Vorausgesetzt, daß ich nicht alle beide in mir vereinige. Aber so weit reichen meine Erkenntnis und Selbsterkenntnis nicht. Ich gebe es auf.

XI

Als ich neulich ins Haus meiner Hüter eindrang, lagen, daran erinnere ich mich, auf dem großen Ehebett keine Nachthemden. Ich gehe in eines der ehemals belegten Zimmer des Hotels Mayr, um nachzusehen. Nachdem ich die erste Scheu überwunden habe, stochere ich mit Hilfe eines Kleiderbügels zwischen dem Bettzeug.

Weder Nachthemd noch Pyjama. Im Kleiderschrank hängt eine komplette Damengarderobe: für abends, für tagsüber, zum Tennisspielen, zum Schilaufen; es fehlt auch nicht an einem Schmuckköfferchen mit Ringen und Armbändern. Auf dem kleinen Tisch eine Polaroid-Kamera und ein Fernglas. Unten, auf dem Parkplatz, wird das Auto der Dame stehen. Die Nachthemden dagegen sind verschwunden. Die Dissipatio humani generis, oder »sublimatio«, hat eine subtile Unterscheidung getroffen: Die Insignien irdischer Eitelkeiten, auch die wertvollen und am Leib getragenen (die Juwelen), bleiben unten, dazu bestimmt, zu verderben oder verstreut zu werden; die Kleidungsstücke dagegen, die in diesem Augenblick die Körper bedeckten, haben das Schicksal der Körper, die sie bedeckten, geteilt. Eine Invasion von Nylon, Rayon, Perlon und anderen Textilfasern in die »intermundia«.

Ich hätte unrecht, mich darüber zu wundern. Die Erklärung dafür liefert in schlichten theologischen Termini Augustinus von Hippo. Es werde sich nicht geziemen, bemerkte irgendwo der große Augustinus, daß die Menschen nackt im Himmelreich erscheinen. Eine mehr als opportune Bemerkung (und sie zeigt, wie ein großer Denker sich auch den Details seiner Wissenschaft zu widmen verstand; ich kann mir in unserer Zeit keinen Husserl vorstellen, der es ihm gleichgetan hätte). Das Gewand, argumentierte

Augustinus, sei »naturale hominis tegumentum, quasi altera cutis«. Ausgezeichnet.

In dem Zimmer des Hotels Mayr, das ich visitiert habe, fand sich der übliche Vorrat an Beruhigungsmitteln auf dem Nachttisch. Ich habe sie eingesteckt. Nicht daß ich an Schlaflosigkeit litte, aber sie haben mich auf eine Idee gebracht. Ich fühle mich verpflichtet, die Spezies neu zu säen (jawohl, zu säen), sinnbildlich, nach der Methode des Deukalion. Dieser verwendete Steine, die sich dann in menschliche Wesen verwandelten. Durch die Verwendung von Tranquilizern zähle ich darauf, eine ruhigere, weniger streitsüchtige Gattung (als die erloschene) zu erzielen. Und ich habe mir ausgedacht, die Pillen auf dem Tennisplatz des Bellevue auszustreuen, wo ich die europäischen Turniere des Davis-Cup habe austragen sehen. Wenn sie wieder auf die Welt kommen, werden es schöne Menschen sein, wie die Tennischampions, das Fair play in Fleisch und Blut wie diese. Ich will die Pillen sparsam ausstreuen. Schließlich handelt es sich um eine Gattung, die die Gewohnheit hat, sich exponentiell zu vermehren. Man weiß nie.

Das Ritual hat bei Regen stattgefunden. Der im übrigen auch weniger bedeutende Zeremonien zu begießen pflegte.

Also Deukalion.

Nichts Frevelhaftes. Ich bin der Erbe. Die Menschheit *gab es,* jetzt gibt es mich. Der Epilog verkörpert sich in mir. Ich beschließe die Generationen. Ich war der Zweck, das Ziel, der Endpunkt. (Wird, was ich da sage, durch Humor gemildert? Bis zu einem gewissen Grad. Die Heiterkeit ist angebracht, wenngleich sie nicht uneingeschränkt aufrichtig wäre; Hochmut und Melancholie lauern ihr auf.)

Ich sehe eine Pyramide. Bei genauer Betrachtung stellt

sie sich als eine umgekehrte Zeitpyramide heraus. Eigentlich sind es zwei Pyramiden. Die eine, obere verbreitert sich vom ersten Menschen oder Hominiden als Stammvater im Lauf der Äonen bis zu den wimmelnden Milliarden von Wesen derselben Spezies, die es in der Nacht zum 2. Juni gegeben hat. An diese angehängt die auf dem Kopf stehende Pyramide (und diese ohne zeitliche, sondern nur mit ideeller Erstreckung), die sich von den wimmelnden Milliarden plötzlich zu einem einzigen Individuum verengt:

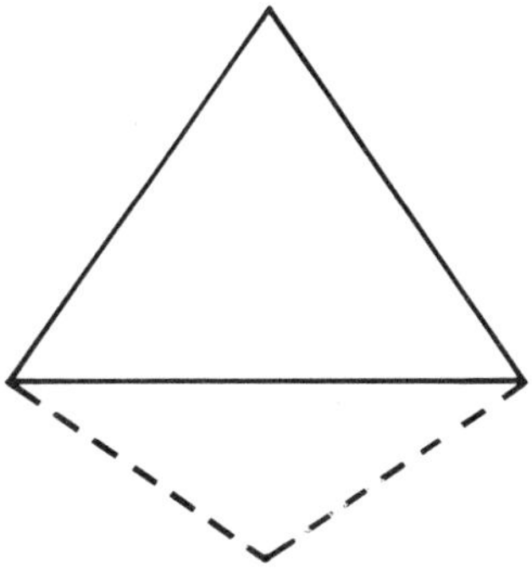

Dieser Schlußgipfel bin ich.

Wenn es die Menschheit gegeben hat und es sie jetzt nicht gibt, sondern nur mich, so beschließe ich, die Aufgaben zu übernehmen, die »sie« im Stich lassen mußten. Was taten »sie« denn im wesentlichen? Was taten sie? Nun, das ist ziemlich einfach: Sie handelten im Hinblick auf Nützlichkeit. Darüber hinaus dachten sie über die Dinge nach, die sie um sich her sahen oder in sich zu sehen glaubten. Dann stellten sie diese Dinge dar: in Worten, Zeichen, Tönen.

Anderes taten sie nicht. Ich mag ein Reduktionist (ein Vereinfacher) sein, aber es kommt mir vor, als hätte ich nichts ausgelassen. Sie fortzuführen – oder zu ersetzen –

ist kein Unterfangen, das mir Angst machte, es würde keinem Angst machen. Letztendlich hatten sie weder allzu große Ansprüche noch allzu große Ambitionen.

Fest steht, daß ich der Überlebende bin. Durch Zufall?

Ich antworte mir mit nein. Ich war immer der Ansicht, daß der Zufall – angenommen, es gibt ihn und er ist nicht nur ein »asylum ignorantiae« – sich in keiner Weise von einem höheren und undurchschaubaren Willen unterscheidet. Lloyds, die großen Londoner Versicherer, betrachteten Orkane und Sturzwellen, Brände und Erdbeben nicht als zufällige Geschehnisse oder »Unfälle«, sie nannten sie offiziell »acts of God«.

Ich überlebe. Also bin ich auserwählt worden, oder ich bin ausgeschlossen worden. Kein Zufall: Wille. Daß es an mir ist, zu interpretieren, das schon. Ich werde zu dem Schluß kommen, daß ich *der Auserwählte* bin, wenn ich davon ausgehe, daß die Menschheit ihr Ende in der Nacht zum 2. Juni verdient hat und die »dissipatio« eine Strafe war. Ich werde zu dem Schluß kommen, daß ich *der Ausgeschlossene* bin, wenn ich davon ausgehe, daß es ein glorreiches Geheimnis gegeben hat, Aufnahme in das Empyreum, Angelisierung der Spezies und so weiter.

Es ist eine absolute Alternative, aber man gewährt mir zu wählen. Ich: der Erwählte oder der Verdammte. Mit dem kuriosen Moment, daß es an mir liegt, mich zu erwählen oder mich zu verdammen. Und ich werde mich entscheiden müssen. Baudelaire, der Magier, hat leicht reden: »Plonger au fond du gouffre / Enfer ou ciel qu'importe? / Au fond de l'inconnu ...« O nein, Geschwätz. *Ça importe.* Es macht etwas aus.

Hier ist der Magier vor allem Rhetor. Besser unter den gegebenen Umständen der heilige Thomas mit seinem nüchternen, wenn auch schonungslosen Latein. »Beati in regno coelesti videbunt poenas damnatorum, quia beatitudo per hoc magis complacebit.« Die Seligen werden aus dem himmlischen Reich die Qualen der Verdammten sehen und sich so ihrer Seligkeit noch mehr erfreuen. Der gute Freund Mylius zum Beispiel, der mir zwei Dinge nicht verzieh, Henriettes Besuche und meine neununddreißig Jahre (er war neunundfünfzig), wird sich, gesetzt den Fall, daß ich der Verdammte bin, freuen, mich als solchen zu sehen, wenn er aus seinem himmlischen Reich herabschaut. Ich zweifle nicht, daß er sich entschädigt fühlen wird. Und wie wird für den Prof. Mylius das himmlische Reich, die Seligkeit, aussehen? Wird es den Aufenthalten in Princeton gleichen, um die er seine illustreren Kollegen immer beneidet hat?

Indessen, auch ich habe, falls ich »ausgeschlossen« sein sollte, gewisse Entschädigungen. Meine Qualen schließen die totale Stille nicht mit ein. Vom Sonnenuntergang bis zum Sonnenaufgang machen sich die Siebenschläfer lautstark im Dachstuhl zu schaffen; sie sägen und sägen, und am Morgen finde ich das Sägemehl am Boden. Es ist keine Zerstörungswut; irgend jemand hat einmal gesagt, sie würden auf diese Weise ihre Zähne feilen. Die Murmeltiere haben einen Schrei, der an das Jaulen von Welpen erinnert, während sie ihre Höhlen graben, die sie später mit Laub und kleinem toten Getier, Vorräte für den Winter, vollstopfen. Da die Balzzeit vorbei ist, zeigt sich der Uhu zurückhaltend, ich höre ihn nur in langen Intervallen; aber das Käuzchen verbreitet musikalische Lockrufe, und je näher es dem Nest ist, desto mehr singt es. Der Kuckuck füllt die Nachmittage, der Specht die Abende, und er hat einen seltsamen Ton: genau wie das Quietschen alter Eisentüren, in alten Schlössern. Ich nenne ihn den Gespenstervogel.

Und dann ist da der Gießbach, der donnert; es gibt, wegen des vielen Regens, zahllose kleine Wasserfälle, die

die Berge mit ihren silbernen Schnüren überziehen, gut gespannt und gleichmäßig, sosehr der Wind ihnen auch zusetzt. Der Wind, wenn er sich erhebt, bringt mir ihre Stimmen bis ins Haus herein.

Die Natur hat nichts von der Nacht zum 2. Juni bemerkt. Vielleicht freut sie sich, wieder das ganze Leben in sich zu vereinigen, nachdem das kurze Intermezzo abgeschlossen ist, das für uns den Namen Geschichte trug. Ganz bestimmt empfindet sie weder Bedauern noch Schmerz.

XII

Und heute teile ich ihre Gleichgültigkeit, ja sie steigert sich in mir bis zur Aversion. So sehr, daß ich mich frage, ob das *Intermezzo* wirklich zu Ende gegangen ist oder ob es nicht, heimtückisch, jeden Augenblick wieder neu einsetzen könnte. Wo »sie« doch weder notwendig noch nützlich waren.

Ich denke an meinen persönlichen Massenspektrographen. Ich konnte darauf keine Polarisierungen auf dem Haß-Schwarz erkennen, wohl aber, oft, auf dem Grau der Angst und noch häufiger und hartnäckiger auf der Aschenfarbe des Überdrusses. Und sie reihten – vom aseptischen Vampyrismus der Früherkennung bis zur lästigen Beschränktheit des privaten Umfelds – die unentrinnbaren Figuren des täglichen Umgangs aneinander. So bereit, zu verletzen, zu betrügen. Der Kollege, der mich besuchte und fragte, wieso ich mir diesen »Ziegenstall« ausgesucht hätte. Der Verleger, der mir den Vertrag mit den Halsabschneiderklauseln unterbreitete. »Der Verlag übernimmt keinerlei Verpflichtung hinsichtlich des Zeitpunkts der Veröffentlichung des ihm überlassenen Werkes...«

Ich bin nicht mehr die fromme Antigone, die über Grabmäler nachsann. Ich trete in die Phase der »Ablösungen« ein, der psychischen Zusammenhangslosigkeit. Störungen des Denkablaufs. Schwankende Gemütszustände in ausgedünntem Milieu. Heute tauchen kleine, und vor allem völlig belanglose, Ärgernisse, Randepisoden aus der Zeit, »als ich alt war«, wieder auf. Unter den vielen auch diese, wer weiß warum.

Uns Jungredakteuren gestand der Direktor der Zeitung jeweils im Turnus eine Spalte zu. Einmal konnte ich einen Artikel mit dem vielleicht etwas hochtrabenden Titel »Gegen Formalismus und Konformismus. Kleine Korrekturen einiger Gemeinplätze« unterbringen, der als der erste einer Serie gedacht war. Er befaßte sich mit zwei Termini, Alienation und Prostitution, wobei der eine eingegrenzt und der andere erweitert werden sollte. Ich schlug vor, den Begriff »Alienation«, Entfremdung, wieder in die vom postjuvenilen Marx festgelegten Grenzen zurückzuführen. Ein Arbeiter, der, wenn er wollte, seine Arbeit selbst bestimmen, also, sagen wir, ein erfindungsreicher Elektriker, ein phantasievoller Schmied werden könnte, aber im Hinblick auf die bequeme Lohntüte das Fließband bevorzugt, habe kein Recht, sich als Opfer der Entfremdung zu bezeichnen. Was die professionelle Prostitution betreffe, so sei es gerecht, auch jene Damen dazu zu zählen, die sie legal mit einem Gatten betreiben, den sie nicht oder nicht mehr lieben, der jedoch fortfährt, sie mit Annehmlichkeiten und diversen Zuwendungen zu honorieren. – Biedere Bürger und spießige Gewerkschaftler reagierten mit Beschimpfungen. Der Direktor drohte, mich zu entlassen; ich hatte einen Anschlag auf die »Auflagenhöhe« verübt.

Eine Gruppe der extremen Linken hatte sich (beachtlich, da die Linke normalerweise optimistisch, sexualagnostisch und antimalthusianisch ist) der Bewegung für die Geburtenkontrolle »Zero Population Growth« angeschlossen. Sie baten mich um ein paar Worte im Rundfunk, und ich war gern dazu bereit. Ein kurzer Beitrag von acht Minuten. Diesmal distanzierte sich in der Sendung am nächsten Tag die »Programmdirektion«, aber bei mir zu Hause hagelte es noch tagelang anonyme Telefonate, alle stur nach dem Tenor: »Du bist ein verkommener Junggeselle.« Ich erwiderte: Dem kann man abhelfen. Ich bin noch keine vierundzwanzig. – Oder ich ließ auf dem Plattenspieler einen Schlager laufen, der damals in Mode war: »Les célibataires sont si malheureux / Il faut bien prier pour eux / Car ils sont si solitaires / Se couchent toujours seuls dans leur lits.«

Bei meinen seltenen Radioauftritten habe ich nie Glück gehabt. In jüngerer Zeit, als ich den militanten Journalismus längst hinter mir gelassen hatte, erlaubte ich mir, in einer sogenannten Diskussionsrunde die Frage aufzuwerfen: Wenn die Presse, wie sie verkündet, die öffentliche Meinung zu repräsentieren sucht, warum bleibt sie dann das Monopol einer Journalistenclique? In unserem Land nicht mehr als hundertfünfzig Individuen: Direktoren und Chefredakteure. Sich dem Publikum öffnen! Die Berufsjournalisten sollten sich um den Nachrichtenteil und um einen Kommentar zu den Nachrichten kümmern, zwei Aufgaben, die mehr als ausreichend seien, ihre Existenz zu rechtfertigen: Das übrige, den Hauptteil der Zeitung, sollten sie der Mitarbeit der Abonnenten beziehungsweise der Leser überlassen; einer freien Mitarbeit, ohne Zweifel widersprüchlich und bruchstückhaft, aber der einzige Weg, um der »öffentlichen Meinung« auf authentische Weise Stimme zu verleihen. – Einer der anwesenden Kollegen bemerkte höflich, daß ich von dem, was es heiße, eine Zeitung zu machen, nicht die geringste Ahnung hätte. Die andern nannten mich einen Idioten, bei eingeschalteten Mikrophonen.

Überbleibsel winziger Bitterkeiten. Kleinkram. Dementsprechend hatte ich es auch vergessen. Ich weiß nicht, warum es jetzt wieder hochkommt.

Jetzt befinden sich Direktoren, Verleger, Schriftstellerkollegen, Ex-Kollegen und Pseudo-Freunde »dort«. Sie drängen sich an den kahlen Hängen des Berges Harmageddon. In Erwartung des letzten Urteilsspruches scharren sie argusäugig mit den Fingernägeln in der Asche, um die Fernschreiber und die Schreibmaschinen, an die sie gerechterweise gekettet sind, darunter zu vergraben. Engel wachen oben auf dem Berg, damit sie nicht fliehen. Drei schwarze Engel, dieselben, vor denen sie sich im Leben götzendienerisch niedergeworfen haben. Und jeder von den dreien trägt einen Schild, und auf dem einen dieser Schilde steht geschrieben: Soziologismus, auf dem anderen: Historismus, und auf dem dritten: Psychologismus. Am Fuße des Berges kriechen zischend und feuerspeiend zwei gepanzerte Schlangen. Und auf ihren Schuppen steht etwas geschrieben; auf der einen liest man: *Advertising*, und auf der anderen: *Marketing*.

Nun, ich gebe zu, daß das als apokalyptische Phantasie nicht besonders originell ist.

Außerdem fehlt es ihr an Plausibilität, ich sollte ihr deutlichere Züge verleihen. Die Wartenden tauschen Visitenkarten aus, lächeln einander ironisch zu. »Dies illa? Non creditur.« »Le jugement dernier? Incroyable.« »Das Jüngste Gericht? Unmöglich.« »Doomsday? Wait and see!« Und so weiter.

Die Kultur trägt in sich das Lösungsmittel für die Substanzen, die sie leben lassen, wie für die, die es ihr verweigern. Sie hat keine Konsistenz, wenn sie in ihrer Produktion ohne Förderung bleibt; aber dank ihrer Inkonsistenz überdauert sie, welche Katastrophen auch immer eintreten mögen.

Sie überdauert und ersteht neu. Sie ist ein Phönix (ein kreischender und gerupfter Phönix, der am liebsten im Käfig hockt). Für sie gibt es kein Ende der Welt, beziehungsweise selbst das Ende der Welt würde ihr noch etwas bieten, das ihr zu Nahrung und Betätigung verhilft. Nichts zu hoffen, nichts zu fürchten: Ich werde sie alle wieder hier haben.

Robinson Crusoe schnitt, um auf dem laufenden zu bleiben, Kerben in einen Pfahl, was jenem anderen berühmten Seefahrer und Schiffbrüchigen – Odysseus – nicht in den Sinn gekommen wäre. Robinson war als moderner Mensch einer doppelten Ungläubigkeit ausgeliefert: Er vertraute nicht mehr auf den organischen Sinn, der irrtumslos die Anhäufung der Tage und der Nächte registriert, und er hielt (nicht zu Unrecht) wenig von der Ich-Zeit. Der psychologischen Zeit, dem »Zeiterleben«. Für uns hat sich diese zweifache Ungläubigkeit verschärft und verkompliziert. Wir haben das Schreckgespenst des »naiven Realismus«: Es ist naiv zu glauben, daß Zeit und Raum objektiv wären, genauso naiv wie zu denken, ein Kind würde seine Mutter lieben als vielmehr nach ihr verlangen. Wir haben verlernt, der organischen Zeit zu lauschen, während die psychologische Zeit sich für uns mit jenem Empfindungs-Wahrnehmungs-Brei vermischt, in den wir die äußere Welt aufgelöst, das heißt subjektiviert haben. Ihre Eigenschaften, ihre Ausmaße.

Nach dem 2. Juni hätte ich die Tage auf einem Kalender anstreichen sollen. Aber ich besaß weder Kalender noch Uhren mit Datumsangabe (»vorher« genügten mir die Zeitungen zur Orientierung). Ich schreckte vor den künstlichen Stunden-Skandierern zurück, die außerdem ein anderes Genre von »Zeit« vermitteln, eines, das ohne Dichte ist und die Pausen ausschließt: Und gerade deswegen häufen wir ad infinitum die dementsprechenden Instrumente um uns herum an. Unsere Eile ist, das versteht sich, pathologisch; eine Gier, das Leben so schnell wie möglich zu durchlaufen.

Für mich stellte sich heute das Problem, in einer solchen Konfusion von »Zeiten« einen effektiven, zuverlässigen Maßstab wiederzugewinnen. Wiederzugewinnen oder zu verifizieren, denn in Wirklichkeit bin ich gar nicht so völlig ahnungslos, und ein Instinkt sagte mir, daß seit dem »Ereignis« gut zwei Wochen vergangen sein müßten. Nun, das Problem hat sich für mich auf die simpelste Weise gelöst, nämlich mit Hilfe des »Zeitkäses«. Eine bestimmte ausländische Käsesorte, weiß und cremig, die ich, wenn sie frisch ist, sehr gut finde; ich aß sie gern.

Ich war im Mayr, um meine Einkäufe zu tätigen beziehungsweise mich mit Lebensmitteln einzudecken. Als ich in der Küche an einem Speisenaufzug vorbeiging, stieg mir ein scharfer, nicht unangenehmer Geruch in die Nase. Ich schiebe die Klappe hoch und entdecke ein großes Tablett mit Käsen, darunter auch dieser ausländische. Mit einer dicken Schimmelschicht darauf. Lange, dichte, grünliche Fäden, eine regelrechte Vegetation. Ich tauche den Finger hinein, der Schimmel ist ein paar Zentimeter hoch. Bei Käse kenne ich mich ein wenig aus, und ich komme zu dem Schluß, daß er, um diese Schicht zu bilden, mindestens vierzehn Tage gebraucht haben muß. Da gibt es nichts zu lachen. Der Test mit dem Zeitkäse ist nicht empirischer als die Radiokarbonmethode. Und auch nicht anfechtbarer.

Meine Zeitrechnung scheint also ziemlich exakt zu sein. Und das ist wichtig, denn die Wahrscheinlichkeit, daß das »Ereignis« reversibel sei, nimmt mit jedem Tag ab. Die »lieben Entschwundenen« werden immer wahrscheinlicher zu den »lieben Verblichenen«.

Die große Sozialmaschine war fähig, unermüdlich, unabsehbar zu mahlen – vorausgesetzt, daß sie keinen einzigen Augenblick blockiert war. Entweder ununterbrochene Kontinuität oder unverzügliche Auflösung. Nach ihrer eigenen Logik sollte sie sich nicht erholen können. Aber kann man sich darauf verlassen?

Die Küchen und die anderen Räume des Mayr halten noch weitere Überraschungen bereit.

In Widmad wie in Lewrosen füttere ich die erschöpften Hunde hinter den versperrten Gartentoren. Im Mayr dringt aus einer Mansarde ein klägliches Winseln. Ich finde das Zimmer, in dem ein großer Hund eingeschlossen ist. Kein Anzeichen von Hydrophobie: Er hat von einem dünnen Wasserstrahl des Waschbeckens getrunken. Aber Hunger: Von dem Paket Keksen (in einer Schublade aufgestöbert), das ihn am Leben gehalten hat, ist nur noch das Papier übrig. Ich habe ihm die Tür geöffnet, aber er rührte sich nicht. Sein Herr war nicht hinausgegangen; für seinen Hund mußte er immer noch da sein, und er verließ ihn nicht.

Sein Herr scheint, aus gewissen Accessoires der an der Garderobe hängenden Kleidung zu schließen, ein Koch des Hotels gewesen zu sein. In der Nacht des »Ereignisses« saß er am Tisch und schrieb. Ein Ausländer; er schrieb in seiner Sprache, die ich einigermaßen beherrsche; eine Tagebuchseite oder einen Abschiedsbrief. Ich habe den Text für mich übertragen, er verdient es.

»Samstag, 1. Juni, 23.50 Uhr. – Ich denke zum letztenmal an meine Frau, und ich bitte sie, mir meine Fehler zu verzeihen, wie auch ich die ihren vergebe und vergesse. Ich würde gern versuchen, sie zu benachrichtigen, wenn mir noch Zeit dazu bliebe. (Aber sie würde es ja doch nicht glauben.) Der letzte Augenblick ist für sie, für mich, für alle Menschen gekommen, und wir werden die Sonne von morgen nicht mehr sehen. Mein Gefühl hat also nicht getrogen. Durch das offene Fenster sehe ich den schwarzen Todeshimmel, und ein warmer Wind, wie er nie zuvor auf dieser Erde geweht hat, kommt herein und streift mich wie ein Atem.« (In der Nacht zum 2. Juni wehte tatsächlich ein warmer Wind, aber nichts anderes als eine Art Föhn; der Koch, der in diesen Bergen fremd war, konnte ihn für etwas Außergewöhnliches halten.) »Die Menschheit trägt keine Verantwortung, sie trifft keine Schuld, sie erleidet ein Schicksal: Wir lieben den Tod. Den Tod der anderen und, mehr noch, in diesen sich überstürzenden Zeiten, ohne es zu wissen, unseren eigenen Tod. Aber es ist nicht selbstmörderische Raserei, es ist nicht der von der Psychologie unterstellte Todestrieb. Der Mensch verhält sich in Wirklichkeit passiv. Es ist der Tod, der handelt und ihn zu sich ruft. Und seinem Ruf widersteht man nicht. Zufrieden mit unserer stillschweigenden, aber einmütigen Zustimmung, wird Er heute nacht kommen, um uns zu holen – ohne Agonie für uns, ohne Angst. Und dieser Epilog wird für viele oder für alle die Lösung unlösbarer Probleme bedeuten, das unverhoffte Heilmittel gegen unerträgliche Leiden. Merkwürdig, daß man zu anderen Zeiten das Millennium, das universale Ende, fürchtete wie eine grausame Strafe, wo es doch so gerecht und wohltuend ist. Was mich betrifft, der ich 27 Jahre alt bin: Kommt es zu früh? Nein. Ich bin einer von ihnen und wie sie. Zuerst unfreiwilliges Instrument, jetzt dargebotenes Objekt des Todes.«

Ich übersetze auf meine Weise, aber die Substanz der Botschaft (hölderlinianisch, würde ich sagen) ist gewahrt. »Instrument des Todes« – dieser brave Mann, der die Saint-Honorés mit Schlagsahne und Creme krönte? Wehmütiger Prophet, einsam an seinem Tisch sitzend, in der unmittelbaren Erwartung des Endes. Ich kann ihn mir als Amateur-Exegeten des Nostradamus vorstellen. Oder als einen Chiliasten oder einen Zeugen Jehovas.

Mich beeindruckt seine gesellschaftliche Stellung. Danach hatte er nichts mit der *Intelligenzija* zu tun. Und so klingt aus diesen letzten Zeilen, auch wenn sie verbreitete Weissagungen und Klagen widerspiegeln, ein aufrichtiger Ton.

Und ich, der ich »Garantien« suchte, erhalte von ihm eine beruhigende und verwirrende zugleich.

XIII

Sie sind ein repetitives Temperament, pflegte Karpinsky zu mir zu sagen.

Der Hang zur Wiederholung, in dem Sinn, den ihm die Psychiater geben, ist ein Wesenszug, der meine Anpassung begünstigt haben könnte. Allerdings schreibe ich das Verdienst dafür in erster Linie meinem Nominalismus zu. Ich bin immer ein Nominalist gewesen: Die Gesellschaft existiert nicht; das, was existiert, sind die Gruppen, nein, ist schlichtweg das Individuum.

Die einzige Wirklichkeit, die der Mensch in Betracht ziehen muß, ist diejenige, die er sich selbst als Individuum schafft. Die Behauptung ist nicht von mir, sie stammt von Charles Reich, aber es ist etwas Wahres daran.

Die Nacht zum 2. Juni hat das denkende Leben aufhören lassen, und damit die Geschichte. Mag sein. Inzwischen hat auch der Regen aufgehört, und ich nütze das aus, um zuerst die Fahrstraße und danach den Fußweg zur Roßneralp hinaufzugehen – und das Problem vom Ende der Geschichte bekümmert mich nicht allzusehr. Die »res gestae« setzen nicht um jeden Preis eine Mehrheit von »gerentes« voraus; die Geschichte könnte auch von einem einzelnen und für einen einzelnen fortgeführt werden. Heute morgen in Widmad habe ich das Schaufenster eines Geschäfts eingeschlagen, um mir zwei Grapefruits zu holen; als Historiker werde ich registrieren, daß die Anarchie ausgebrochen ist, mit der Bekämpfung ihres Feindes Nummer eins, des Eigentumsprinzips. Und gleichzeitig ist die Monarchie ausgebrochen, im strengen Sinn des Begriffs: die ganze Macht einem einzigen. Anarchie und Monarchie fallen zusammen, jetzt und in mir. Keiner verfügt über mich, ich verfüge über alles. Potentiell bin ich in der Lage, den Codex Atlanticus oder die Gutenberg-Bibel mit nach Hause zu nehmen, ohne daß mich einer anzeigt; mich als Philosophen auszugeben, ohne daß mich einer Lügen straft; den immerwährenden Frieden zu verkünden, in der Gewißheit, daß er eingehalten wird; potentiell bin ich in der Lage...

Der Fußweg, der die unteren Hänge des Mountàsc hinaufführt, ist bequem, breit; regelmäßig behauene stufenförmige Steinplatten. Er erweist sich des Namens würdig, den er trägt (oder trug): »Via Romana«. Eine Gebirgs-Via Appia, ansteigend zwischen genügsamen Lärchen, noch hagerer als die mediterranen Zypressen. Jenseits des Tales, nicht mehr als dreihundert Meter Luftlinie entfernt, sehe ich den Eingang zur Siphon-Höhle. Und zu ihrer unnützen Einladung. Ich denke an den Abschiedsbrief, den ich in der Mansarde entdeckt habe, die Botschaft, in der sich naive Rhetorik und echte Verzweiflung mischten: Die Menschen gehorchen dem Anruf des Todes. Ich zum Beispiel habe nicht gehorcht. Ich war offensichtlich unempfindlich für die »Rufe«; Tugend oder Feigheit – ich bin noch am Leben.

Vielleicht weder Tugend noch Feigheit. Gepanzerte Mittelmäßigkeit, die als solche Gnade gefunden hat. Das unbedeutende Individuum ist auserwählt worden, die Kontinuität zu verkörpern – was mysteriös erscheint, aber weise sein kann. Der Weg hört genau dort auf, wo auch die Lärchen enden, und er wird von einem Pfad fortgeführt, auf dem mit Müh und Not eine Person gehen kann: Wie machten es die Roßner nur, ihre großen, weiß-gelb gefleckten Kühe hier heraufzubringen? Im übrigen lag der melancholische Koch des Mayr nicht falsch, abgesehen von der romantischen Hypostase des Todes. Wenn es auch schwerfällt zu glauben, daß der Tod eine Sirenenstimme habe, um die Menschen zu verführen, so steht doch fest, daß die Menschen, ob sie es wußten oder nicht, sterben wollten.

Seit Jahren, seit Jahrzehnten. Verschmutzung: Den Verschmutzern gefiel es, sich in erster Linie selbst zu verschmutzen. »Ich wohne auf dem Gelände meiner Fabrik, obwohl ich ein Haus in der Stadt habe«, erklärt ein Industrieller. Gewalt: In erster Linie war es Gewalt gegen sich selbst: Ein junger Bankräuber wird gefragt: War es denn nötig, auf den Kassierer zu schießen? Antwort: »Ich weiß nicht, warum ich auf den Kassierer geschossen habe, ich wollte eigentlich auf mich selbst schießen.«

In ihrer sich artikulierenden Einsicht waren der melancholische Koch, der Bankräuber und der Kamikaze-Industrielle keine typischen Fälle; der Run auf den Tod, als kollektives Faktum, fand in der Stille statt, entsprang einem dringenden und unbewußten Bedürfnis. Und dieses Moment, wie auch das Fehlen eingängiger kultureller oder ökonomischer Komponenten, verführte unsere arme, arme Soziologie, sich nicht damit zu beschäftigen. Doch es gab jemand, der offene Augen für die Tatsachen hatte. Der Chef des Verkehrswesens im Staate New Jersey, ein bescheidener Beamter, erklärte vor Journalisten: Sie sprechen von »Unvorsichtigkeit«, wenn Sie über die sonntäglichen Gemetzel auf den Straßen berichten, aber die Unvorsichtigkeit ist keine Ursache, sie ist ein Mittel. Der Fahrer wählt die Unvorsichtigkeit, weil er den Tod gewählt hat. Weil er nicht nach Hause kommen *will.* Wenn Sie ihm das Auto wegnehmen, wird er sich aus dem Fenster stürzen.

Am Ende des Aufstiegs wird der Pfad wieder breiter, genauer gesagt, er verliert sich in der weiten Mulde der Roßneralp: überwuchert von Heidekraut, Wacholderbüschen, von hellen Bächen durchzogen, umgeben von flechtenbewachsenen Felsen; und manch einer dieser Felsblöcke ist schon für sich ein vollkommenes kleines Gebirge. Die Gletscher des Mountàsc öffnen sich fächerförmig, und ich erinnere mich, wie ich sie in der Morgenfrühe sich entflammen sah, über den unteren Schneefeldern, die die Farbe der Nacht bewahrten. Auf dem Gipfel seiner triumphalen Evolution ergründete das Ich die unmittelbarsten Wege zum Nicht-Ich: nicht den langsamen Abstieg in die Entropie, sondern die rasche und totale Autodestruktion – und sie mußte nicht schmerzlos sein. Das *cupio dissolvi.* Freud taufte es um in »Todestrieb«, faßte diesen jedoch sehr allgemein und schrieb ihn jedem einzelnen Menschen zu. Für die damalige Zeit, in seinen eigenen Augen, eine nicht fundierte Abstraktion. Ein harmloses, nebenbei gesagt, wenig originelles Philosophem, um es aus Gründen der Symmetrie dem Dogma vom allgegenwärtigen Eros entgegenzusetzen. Freud war ein friedlicher Bürger; welche Bestürzung, hätte er je geahnt, daß ihm die Wirklichkeit recht geben, ja ihn sogar noch übertreffen würde.

Die Gletscher des Mountàsc treten aus den Wolken, aber heute kann man sie leicht mit dem tiefhängenden und eintönig weißen Himmel verwechseln: Und da sich auch auf der gegenüberliegenden Seite die Gletscher der Karessa enthüllt haben (ähnlich und ebenfalls mit den Wolken verschwimmend), habe ich den Eindruck, als bildeten sie eine einzige zu einem Gewölbe gekrümmte Masse; es gibt keinen Himmel, ich stehe im Mittelpunkt einer riesigen Eishöhle. Sie wird von den Wänden der beiden Massive gestützt; im Moment. Von einem Augenblick zum anderen könnte sie zusammenbrechen und einstürzen; oder ganz langsam auf diese Steine herabsinken, auf mich.

Es ist festzuhalten: Die Menschen suchten nicht die allgemeine Hekatombe, von der sie eine erste, bescheidene und ihren Mitteln angemessene Probe in Hiroshima abgelegt hatten. Man verfolgte den isolierten Tod. Darin standen sie der Tradition des konventionellen Selbstmords nahe. Im Familienauto, mit Frau und Kindern; oder in der

Bank, im Beisein der Angestellten und einiger Kunden; im entführten Flugzeug, mit knapp 70 oder 80 Reisegefährten. Zu spektakulär oder zu »sozial«, der atomare Holocaust im Stil der alten Eschatologie. (»Eschatologie«: Und wer wußte schon von dieser archaischen Abstrusität in der Welt der Computer und der Ultraschallgeschwindigkeit?) Nein, selbst wenn das *cupio dissolvi* kollektive Notwendigkeit war, die Auflösung mußte im Ambiente oder zumindest im Umkreis des Privatbereichs, dieses Altars des Individualismus, stattfinden. Ein jeder für sich, wohin und wie ihn der Zufall oder seine Gewohnheiten und Interessen führten. Zum selben Ziel, aber nicht in der Menge. Der kollektivierende Gott, der Soziologismus, mußte sich zuletzt mit seinem Gegenpart versöhnen. Die Kuh und die Ziege, hätte Hans gesagt.

Und so ist es gekommen, sie sind zufriedengestellt worden.

Das also ist die berühmte Roßneralp. Die Roßners, von denen sie den Namen hat, waren mit meiner Familie entfernt verwandt; ich kam schon als Kind hier herauf. Nun komme ich zurück wegen eines Experiments, auf der Suche nach dem *metus silvanus*, dem antiken, fabulösen *pavor montium*. Das ist kein Gerede. Der Verlust der Ehrfurcht, die die weite und unberührte Natur dem Menschen einzuflößen pflegte, war eine der vitalen Beeinträchtigungen, an denen unsere Epoche litt. Jetzt gibt es niemanden mehr zwischen mir und der Natur, die Felsen und die Gletscher bedeuten Einsamkeit, Größe, im Reinzustand; ich muß ihn wiedergewinnen, wieder kosten. Die Roßners hielten auf dieser Alm einen großen Teil des Sommers über ihr Vieh: Als Kind kam ich hier an, beschmiert von den Blaubeeren, die ich unterwegs gepflückt hatte, und machte mir mit den Tieren zu schaffen; ich versuchte sie zu melken, auf ihnen zu reiten, oder ich begnügte mich damit, ihnen mit einem

Stecken nachzurennen, um sie zu erschrecken und mich von ihnen erschrecken zu lassen. Die Weide und die Kühe sind nicht mehr da; die Alp besteht heute nur noch aus Wacholdergestrüpp und blühender Erika, die von den wilden Bienen nicht besucht wird. Es gibt kein Gras, das zwischen den Schneeflecken grünen würde.

Der Ort hat an Herbheit gewonnen, er ist intakt wie in den Anfängen. Seine objektive Schönheit nimmt deutlich zu. Dagegen bemerke ich, daß ich regungslos bin, unbeteiligt. Ich registriere, ohne Emotionen. Mir kommt der Verdacht der Nutzlosigkeit. (Zu welchem Zweck zwei Stunden Fußmarsch, um zu sehen, zu hören und nichts zu empfinden?) Die Bedrohung durch diesen so nahen und schweren Himmel ist real. Als er sich tiefer herabsenkt, bringt der Wind, in Schüben, den Geruch der Gletscher (jenen gläsernen Geruch nach Höhle und Abgrund), und in den Pausen ist die Stille tatsächlich urzeitlich; die Wand, die hundert Schritte vor mir steil emporragt, ist kahl und unerbittlich, sie beschließt die Welt. Und doch reduziert sich der *pavor montium* für mich auf das Gefühl von Kälte, physischer Kälte. Auf das Verlangen nach einem heißen Kaffee und dem Wollpullover. Brauchte ich, um die Natur poetisch zu erleben, jemanden, dem ich sie streitig machen, jemanden, den ich fernhalten konnte?

Bedrückend: Die Natur war schön und schrecklich, doch in asozialer Funktion. Sie setzte, auf negative Weise, den Menschen voraus. Ich wollte sie unverletzt, jedoch verletzbar.

Ich frage mich: Um sie genießen zu können, bedurfte es da etwa der Schilder: »Zutritt verboten«?

Das Schild, oder besser die Aufschrift, »Sie waren wie du/ Du wirst sein wie sie«, über eine der vergitterten Öffnungen gemalt, die sich, geschützt durch einen Portikus, an der

Seite der Kirche Sankt Wilfridus befinden. Und eine dickliche alte Dame, in rosafarbenem Baumwollkleid, die mir zuruft: »What's that? Was heißt das? Bitte, können Sie mir übersetzen?«

Das passierte am Samstagabend, dem 1. Juni. Ich war nach Widmad hinuntergegangen, um das Dorf ein letztesmal zu sehen und um mir eine Taschenlampe zu beschaffen, die mir nachts in der Siphon-Höhle leuchten sollte. Ich befand mich auf dem Heimweg: ein seltener und schicksalhafter Sonnenuntergang, dessen schräge rötliche Strahlen die Häuser, den Marktplatz, den Portikus der Kirche trafen. Ich folgte der Ausländerin und gab ihr die gewünschte Auskunft. Um 1650 wütete hier eine Seuche, und ein paar Jahrzehnte später wurde die Kirche an der Stelle errichtet, an der man ein großes Massengrab ausgehoben hatte. Nach einer katholischen Gepflogenheit wurden die Schädel, zu Hunderten, in einer Zelle gestapelt, die zur Kirche gehörte, sich aber zu Nutz und Frommen der Vorübergehenden zur Straße hin öffnete. »Die Gebeine, die Sie hinter diesen Gittern sehen, waren einmal denkende Köpfe. Erinnern Sie sich an die Szene von Hamlet und dem Totengräber?«

Programmgemäß hatte ich alles in allem noch sieben oder acht Stunden zu leben: Das Zusammentreffen, sagte ich mir, während ich die Dame in Rosa abschüttelte, kommt mir nicht zufällig vor. Ohne dem jedoch Gewicht beizumessen. Ich glaubte, ich hätte an Wichtigeres zu denken, in diesem Augenblick.

Heute abend, als ich um die gleiche Zeit an Sankt Wilfridus vorbeiging, sah ich wieder die Gitteröffnungen. Etwas, das ich für ein Wunder halten muß, für ein schreckliches Wunder, hat sich ereignet.

XIV

Die drei Bögen unter dem Portikus haben ihre auf makabre Weise mahnende Bedeutung verloren, jetzt haben sie eine andere, viel schlimmere. Sie sind leer.

Und ich, ich bin noch am Leben. Mit aufgerissenen Augen, zerrütteten Nerven starre ich sie an. In einer Art von haßerfüllter Hypnose. Ich, der Zeuge.

Es gelingt mir, mich aus meiner Erstarrung zu lösen. An der Straßenecke ist ein Garten, Zweige liegen herum, die der Wind abgerissen hat. Ich schleppe mich, wie weiß ich nicht, bis zum Gartentor, hebe einen Zweig auf, kehre zu den Gittern zurück, schiebe ihn hinein. Ich stochere, wobei mir der Schauder den Rücken hinunterläuft. Es ist nichts mehr da, der trockene, staubige Tod ist verschwunden. Ich gehe in die Kirche hinein, umschreite die Zelle. Zugemauert wie eh und je.

Diese Handlungen haben einen Anschein von Logik. Ich führe sie aus, getrieben von einem Impuls, der die Stelle der Vernunft, des Willens einnimmt. Denn ich überlege nicht, ich rede nicht mit mir. Ich suche nicht nach Zusammenhängen, Erklärungen. Ich spüre, daß ich nicht mehr nach Hause gehen werde. Ich spüre, daß ich das verzweifelte Bedürfnis habe (hätte), eine (menschliche) Stimme zu hören. Tatsächlich lenke ich meine Schritte zum Marktplatz und finde mich, getrieben von einem blöden Automatismus, vor der Tür eines Telefonhäuschens. Der Regen, der schräg über den Platz peitscht, treibt mich auf die Straße nach Lewrosen. Ich gehe die Stufen zum Hotel Mayr hinauf. Dort, habe ich das Gefühl, werde ich nicht allein sein. Ich werde nicht allein sein?

Ich spüre, spüre lediglich, und das verworren: daß die

Nacht lang sein wird; daß ich nicht den Mut haben werde, in eines der Zimmer hinaufzugehen; daß es kalt sein wird, sehr kalt, in der großen und leeren Halle, unter den Lichtern, die mir keine Ruhe gönnen werden. Aber nach Hause gehe ich nicht mehr, um Himmels willen, nein.

Da haben wir's: »Um Himmels willen.« Ich sollte in einen heiligen Schrecken verfallen. Oder zumindest zittern, in abergläubischer Furcht.

Ich sollte mir sagen: »Aber dann ...?« Der theologische Terminus technicus, den ich kenne und der sich als gerechtfertigt erwiese, die Ankündigung, die heute, nach Jahrtausenden, für mich und nur für mich auf absurde Weise ihre Bestätigung fände. Für mich, der ich hier bin, und der ich am Leben bin. Dieses Wort sage ich mir nicht. Meine Angst läßt sich nicht definieren. Sie ist zu groß.

Und sie ist zu neu. Keiner auf der Erde, in einer Welt, die glaubte, alles an Ängsten erfahren zu haben, hat sie je erfahren.

Ich gehe nicht weiter, ich bleibe, an die gläserne Drehtür des Mayr gelehnt, stehen, mit dem Rücken zu dem Geheimnis, von dem ich mir einbilde, ich hätte es hinter mir gelassen. Und ich warte.

Auch diesmal tauche ich wieder auf – um zu essen. In einem der Säle im Erdgeschoß finde ich etwas Eßbares. Trinken, nein, ich trinke nicht. Ich kauere mich in einen Sessel, es ist erst sieben Uhr abends, und decke mich mit Battaglias schwarzem Portiersrock zu, der dort hängt. Ich wage nicht, die Lichter in der Ecke, in der ich mich befinde, zu löschen: Ihr greller Schein fällt auf mich, trotzdem sinke ich in einen tiefen Schlaf; wenig später erwache ich aus einem Alptraum: Ich lag in einer riesigen, flammenden Höhle, unter zwei Schlüsseln, über meinem Brustbein gekreuzt, das davon zerquetscht, eingedrückt war. Nichts weiter als die Goldschlüssel auf den Revers von Battaglias Rock; ich hatte sie bemerkt, als ich mich zudeckte. Jetzt finde ich keinen Schlaf mehr. Und die Nacht ist grenzenlos.

Sie geht über in den Tag, der spät, spärlich durch die Scheiben der Drehtür hereindringt, hinter denen es heftig regnet. Aber meine mentale, meine muskuläre Lähmung ist vollkommen. Ich verlasse meinen Sessel nicht; ich habe keine physiologischen Funktionen mehr, nicht einmal mehr das Bedürfnis zu essen, und ich habe keine Gedanken. Dann von neuem die Nacht, die ich irgendwie zu unterscheiden imstande bin, denn ich habe sie gefürchtet, habe gehofft, daß sie nicht käme. Auch der Schlaf ist gekommen, ohne wahre Ablösung vom Wachzustand, der Stumpfheit und Schweigen war, zwischen Gegenständen, nah und unerreichbar, bekannt und unkenntlich, entstellt.

Für zwei Nächte und fast zwei Tage in diesem Sessel: der nichtklinische Tod oder das, was der Abwesenheit von Leben am nächsten kommt. In meiner Erinnerung ist, obwohl alles eben erst war, nichts geblieben; die eine oder andere motorische Reaktion mag ich gehabt haben, aber sie hat keine Spur hinterlassen. Die Wiederbelebung kam von der organischen Seite: Ich habe hinter dem Sessel uriniert, und ich wußte, daß ich es tat; und von der psychischen: Ich habe mir gesagt »Jetzt reicht es«, und ich wußte, daß ich es sagte. Und ich erinnerte mich an den verzweifelten Choral von Bach.

Aber es kam noch schlimmer. Das Trauma hatte mich auf den – nicht gänzlich negativen – Status einer Sache reduziert. Jetzt kehrte ich in das Bewußtsein zurück, in die Angst.

Eine Angst, die sich selbst mißt, sich selbst rechtfertigt, aus sich selbst wächst. Reflexiv. Böse. Bereit, sich als vollkommen, rein und beispiellos hinzustellen. Hier das, was ich von diesem Anfang behalten habe. Und es ist die Premiere.

Chronik der Angst

Ich stehe vor der Glastür, und ich sage mir: Bis gestern war die Welt unbewohnt. Doch auf eine erträgliche Weise, wie eine Wohnung, deren Besitzer in Ferien sind. Heute ist sie eine Gruft, offen und leer. Mit den römischen Wachen, die in Ohnmacht liegen. Genauer gesagt, *einer* Wache.

Ich frage mich, was ich tun soll. Wo mich verstecken, wohin mich flüchten?

– Nach Hause gehe ich nicht zurück, das ist unmöglich. Und da drinnen bleibe ich nicht. Da waren sechzig, siebzig Personen, und sie sind tot, daran besteht jetzt kein Zweifel mehr. Jedes der Zimmer da oben ist eine Totenkammer.

– Aber draußen ist es das gleiche, erwidere ich mir. Jedes Haus, jeder Raum ist wie eine Totenbahre.

– Draußen geht die Natur weiter. Mit ihren normalen Erscheinungen: der Regen, der sich jetzt in Schneeschauer verwandelt – und die Straße fängt schon an weiß zu werden. Das ist »natürlich«, ist von dieser Welt.

– Wer weiß, antworte ich mir. Auf allen Darstellungen der Todesleiden findet sich außer den Flammen auch der Frost. Ich bin nicht bereit, es zu glauben, aber es kann gut sein, daß auch ich tot bin, wie die anderen.

– Und doch, ich atme, ich bewege mich. Vor kurzem habe ich Schokolade gegessen.

– Mir *scheint* es, als würde ich atmen, als würde ich essen. Es ist eine Illusion.

Ich suche das Stanniolpapier der Schokolade. Es liegt zwischen meinen Füßen, auf dem Teppich; aber es beruhigt mich nicht.

– In jener Nacht (sage ich zu mir), in der ich aus der Siphon-Höhle zurückkam: Da hatte ich doch das Mädchen mit dem Schwarzauge, den Browning 7.65, bei mir, als ich zu Bett ging. Und ich weiß, daß ich danach auf den Abzug gedrückt habe. Das ist eine Waffe, die nicht blockiert.

– Habe ich sie genau angesetzt?

– Ich habe sie mir auf den Mund gesetzt. Und am Morgen war ein Blutfleck auf dem Kopfkissen.

– Aber die Toten sehen sich doch nicht selbst, ihr eigenes Blut, das sie vergossen haben.

– Wer sagt denn, daß die Toten sich nicht sehen?

– Ich habe auf den Abzug gedrückt. Aber hatte ich die Pistole entsichert? Ich glaube nicht. Das Blut auf dem Kopfkissen erklärt sich auf andere Weise: Ich hatte mir den Kopf am Felsen angestoßen.

– Ausreden. Um so zu tun, als hätte ich überlebt. Ich habe mir eingebildet, eine Ausnahme zu sein. Und dabei war die Nacht zum 2. Juni auch für mich die letzte. Das übrige, das »Danach«, nichts anderes als eine Täuschung der solipsistischen Überheblichkeit.

– Nein, ich habe mir nicht eingebildet, daß man für mich eine Ausnahme machen würde.

– Ich habe es mir eingebildet, und ich war dessen sicher, auch wenn ich so tat, als würde ich daran zweifeln, und die Alternative in Betracht zog.

– Seit gestern jedenfalls hat sich alles geändert.

– Und ich habe mich geändert. Seit gestern geht mir auf, daß der Tod gewiß ist und daß etwas mit ihm einhergeht, etwas, das nicht Süße ist, nicht einmal Ruhe. Etwas, das Ähnlichkeit mit einem Absturz hat. Eine tiefe, sehr tiefe Erfahrung. Aber nach unten, nicht nach oben.

Über dem paralysierenden Trauma erhebt sich die Angst und phantasiert. Das ist unseligerweise ein Übel der diskursiven Vernunft, ein Übel, das den Engeln und den Tieren fremd ist.

XV

Das Unbekannte sitzt mir im Nacken, und ich bin allein, ohne Ausweg. Es gibt keine Hilfe, es gibt keinen Rat. Wen soll ich um einen Exorzismus bitten? Wissenschaft, Philosophie bleiben vielleicht. In mir, und sei es auch nur in minimalen Spuren und im Dämmerlicht. Aber sie haben nichts von dem vorausgesehen, was geschieht, und sie wissen nichts darüber. Ich dagegen weiß auf jeden Fall, daß das, was geschieht, nicht denkbar ist, es geht darüber hinaus.

Eine menschliche Kreatur ist nicht dazu gemacht, sich in *so etwas* zu finden. Das ist meine einzige Gewißheit. Also ein Irrtum, eine Art von unerhörter Schlamperei, daß ein einziges menschliches Wesen zurückgelassen wurde.

Der letzte der Menschen. Letzte in einem doppelten Sinn. Aber für einen davon interessiere ich mich nicht: Ich beurteile mich nicht, ich habe keine Urteile über mich abzugeben. Mir ist klar, daß ich der Übriggebliebene bin, und das ist zweifellos absurd, ungerecht, grotesk.

Laßt mich sterben, im guten oder im bösen muß ich sie einholen. Ich war nicht anders als sie, alle waren mir ähnlich. Ignoranz und Überheblichkeit eingeschlossen.

Die Ausländerin, die etwas über diese Gitterbögen in Sankt Wilfridus wissen wollte, die Dame in Rosa, hat zu Abend gegessen, hat ihre Partie Bridge gespielt, danach ist sie aufgenommen worden. Wo und wie, das spielt keine Rolle. Sie ist nicht mehr da.

Ich bin noch da, und in mir öffnen sich die Abgründe der Angst. Einer Angst, die sich verdichtet, während sie sich ausdehnt, während sie alles durchtränkt. Eine schwarze, eisige Substanz, in die ich, elend und lächerlich, eingeschlossen bin wie eine Fliege im Eis. Wohin soll ich gehen, frage ich, wo mich verstecken? Und ich begreife, daß ich nirgendwohin gehen kann, daß die Angst überall ist und überall gleich. Ich, der ich das seltene Laster des Solipsismus kultiviert und mir das »Zutritt verboten« (für die anderen) als Devise erwählt hatte, finde mich jetzt vor verbotenem Ausgang – auf unbegrenzte Zeit. Bei einem Erdbeben tröstete man sich: Es wird wieder aufhören. Jetzt hört nichts mehr auf, ich kann auf keine Entwarnung warten. Die Zeit steht still.

Wer hat je Angst gehabt – bevor ich sie hatte? Das war keine Angst, die früher oder später aufhörte, die einige oder viele erfaßte, die geteilt und verteilt war. Die man voraussah. Die irgend jemand vielleicht suchte, genoß. Ich sage mir immer wieder, daß die Angst für mich entstanden ist, und ich habe dafür sichere Beweise; sie ist für mich geschaffen worden, gegen mich, ich bin ihr Zentrum, ihr Zweck.

Und alles ist Angst. Dieser Schnee, der nicht zur Jahreszeit paßt, diese Luft, in der ein Modergeruch stagniert, das überlaute Ticken dieser elektrischen Uhr, diese Lichter, die mich durchbohren. Ich sitze seit heute nacht da, den Kopf zwischen den Knien, die Hände auf den Nacken gepreßt, in der Haltung dessen, der einen Schlag erwartet. Und so saß ich auch gestern da.

Mich friert. Der Schnee dort draußen fällt immer weiter. Ich stehe auf, ich habe auf einem Tischchen eine Flasche Henniez gesehen, daraus trinke ich einen Schluck. Ich gehe wieder zum Sessel, decke mich wieder mit Battaglias Rock zu, schließe die Augen. Für ein paar Momente kehre ich traumverloren in mein gewöhnliches Unglücklichsein zurück. In jenes, das ich jahrelang mit mir herumgeschleppt habe – und jetzt erscheint es mir, treu und vertraut, wie eine Erleichterung.

Vage taste ich die Vergangenheit ab, eine öde Vergangenheit. Ich versuche mich in einer Suche nach der verlorenen Zeit, die mir jedoch, wenn sie im Wiedergewinnen eines fernen oder nahen Fühlens besteht, nicht viel zu geben hat.

Ich fahre noch einmal jene Insel entlang, die Karpinsky in meinem Leben gewesen ist. Ich strenge mich an, Karpinsky in den Einzelheiten seiner Person wieder zusammenzusetzen (seiner äußeren Person, und ich sage mir, daß seine Unscheinbarkeit, die Vernachlässigung seiner Kleidung eine Bedeutung hatten), in seinem Umgang mit mir, mit Wanhoff, der ihn haßte, mit den anderen Kranken. Ich strenge mich an, aber die Ergebnisse sind dürftig.

Auf der Wiese hinter der Klinik mäht ein Gärtner das Gras: Vom Fenster meines Zimmers aus sehe ich Karpinsky, wie er vor ihm hergeht, sich bückt und Wiesenblumen pflückt. – Ich liege, angezogen, auf meinem Bett; Karpinsky meint: »Ja, ich werde Sie bald in die Freiheit entlassen, aber seien Sie sich bewußt, daß Sie leiden müssen.« – Etwas, was nach dem Reglement Wanhoffs nicht zulässig war: Karpinsky hat eingewilligt, sich an meinen Tisch im Speisesaal zu setzen, während ich esse. Ich frage ihn, plaudernd, wie alt er sei, und es stellt sich heraus, daß er von uns beiden der Jüngere ist. »Und doch«, sagt er zu mir, »haben Sie so viel länger zu leben als ich.«

Eine Prophezeiung, die sich als richtig erwiesen hat. (Aber wie kam er dazu, das vorherzusehen?) Ich bin immer noch hier, um zu leiden. Um zu büßen?

Doktor Karpinsky, denke ich laut: Erinnere dich an mich.

Ich phantasiere; den Toten ist es gewährt, inexistent zu sein. Jedenfalls nicht zu sehen, nicht zu hören, nicht zu wissen. Unempfindlich, sagte Mylius.

Ich lebe, ich gehöre noch zu dieser Erde.

Auf dieser Erde gibt es das Ewige nicht, es gibt nur Augenblicke, so unabsehbar sie auch sein mögen. Das Trauma läßt Unterbrechungen zu: Vor kurzem mußte ich niesen, draußen fällt kein Schnee mehr, eine Spinne oder eine dicke Fliege läuft ganz langsam über das Mahagoni der Empfangstheke.

Eine Idee blitzt in meinem Kopf auf, und diesmal ist es ein zusammenhängender Gedanke, nicht ein Phantasma, nicht eine Erinnerung. Ein Gedanke, der einen Zusammenhang herstellt.

Nicht daß ich analysiert, aufs neue nachgeforscht hätte; dazu fehlt mir die Lust, oder die Kraft. Aber ich sehe wieder die Szene, in der sich der Anfang vom Ende abgespielt hat, der Prolog des »Ereignisses«. Die Siphon-Höhle. Zwischen zwei Zellen irgendeiner meiner Gehirnwindungen springt ein Funke über, absolut automatisch, unfreiwillig. Ich *bin ausgeschlossen worden,* weil ich in einer Höhle war. Im Innern eines Berges.

Dieser Zusammenhang läßt die Konsequenz (das andere Schicksal, das mich getroffen hat) zu einem zufälligen Faktum werden, und zu einem physischen. Die Feststellung genügt, auch wenn das Faktum als solches sich nicht daraus erklärt und noch weniger andere nachfolgende Fakten sich daraus erklären. Sie berechtigt, provisorisch, zu einer Hypothese; die logische Funktions-Fiktion kommt wieder in Gang.

Wichtiger noch, die Feststellung eröffnet eine Perspektive zu handeln, sie legt einen Versuch nahe. Und das ist ein Trost. Der mir erlaubt, Schlaf zu finden. Ich habe vielleicht zwei Stunden geschlafen. Einen echten Schlaf.

Und jetzt denke ich nach.

Diverse Artgenossen von mir befanden sich in der Nacht zum 2. Juni physisch in ähnlichen Umweltbedingungen wie ich. In der ganzen Welt, aber auch hier, in der Umgebung von Widmad. Die Bergleute von Alpa. In Alpa gibt es ein Quarzbergwerk.

Als ich aufwachte, war es dunkel, etwa drei, vier Uhr morgens: Müde, mit zerschlagenem und dumpfem Kopf, wie einer, der aus einer Narkose erwacht, sah ich um mich, ohne zu begreifen, wo ich war, was mit mir geschah. Doch mit einem drängenden Verlangen, mich zu bewegen, einer Wärme unruhiger Hoffnung. Ich ziehe mich aus dem Sessel hoch, gehe zur Glastür. Es gelingt mir nicht, ganz zu mir zu kommen, die Kälte, die Starre halten mich noch fest. Dennoch, etwas hilft. Ich habe einen Plan, und damit (das fühle ich) verbanne ich den Tod, von mir und aus meiner Umgebung.

Ich wende mich wieder dem Realen zu, dem Menschlichen. Das Menschliche.

Nach Alpa gehen. Werde ich hinkommen?

Ich muß mir ein Minimum an Energie verschaffen, vor allem etwas essen. Ich esse. Ich muß abwarten, vor allem daß es Tag wird; ich bin noch nie bei dem Bergwerk gewesen, ich kenne den Weg nicht. Ich warte ab.

Ich mache mich auf die Suche nach den früheren Gedanken. Ich rufe mir das alte Bild (aber es stammt von mir, ich habe es mir vor ein paar Tagen ausgedacht) von der Pyramide wieder zurück, vielmehr von den zwei einander entgegengesetzten und an der Basis vereinten Pyramiden. Von dem Hominiden-Stammvater zu den Milliarden Menschen, die in dem letzten Erdzeitalter lebten. Und von diesen Milliarden Menschen zu dem Nachfolger, in dem die zweite Pyramide plötzlich ausläuft, dem Nachfolger und Erben, dem einzigen übriggebliebenen Exemplar.

Die beiden einander entgegengesetzten Endpunkte haben jedoch keine Substanz, sie reduzieren sich auf Symbole. Es hat keinen Stammvater gegeben, der Hominide oder

Urmensch ist nur eine theoretische Vermutung. Genauso kann sich, auf der Spitze der umgekehrten Pyramide, das Gipfelindividuum, mein Individuum, nur auf eine bloße Annahme reduzieren. Geometrisch ist die Sache klar: Der Gipfel einer Pyramide, ob sie aufrecht oder auf dem Kopf steht, ist lediglich ein Punkt. Ohne Konsistenz. Ich habe kein Anrecht darauf, zu *sein*.

Logismen: Die sind tatsächlich inkonsistent, belanglos; ganz anders als die abwägende Vernunft. Bei mir sind sie ein gutes Zeichen, sie künden das Ende der Krise an. Ich bin dabei, mich wieder zu fangen, ich steige den Abhang hinauf. Ich beginne von neuem.

XVI

Die Angst kann wiederkommen. Ich greife zu einem Gegenmittel, das sie abschwächen soll.

Die Hauptgefahr – der Mensch – existiert nicht mehr. Das übrige, das, was lebt, ist harmlos: Es ist die Natur, in mir und um mich herum. Unter den gegebenen Umständen hätte jedwedes Individuum an meiner Stelle gute Aussichten, an Altersschwäche zu sterben. Die Krankheiten sind, direkt oder indirekt, sozio-induziert: die Anspannung, die aus der gemeinschaftlichen Existenz resultierte, und so weiter. Jetzt gibt es höchstens noch einen Blitz, der mich treffen kann, ein Erdbeben, einen Meteoriten. Abseitige Dinge.

Es ist zwar denkbar, daß sich das »Ereignis«, meinetwegen, wiederholt, aber doch nur schwach denkbar; es wäre eine Anmaßung, das zu fürchten. Es war etwas Globales, ein überindividuelles Phänomen, das auf die Gattung abzielte. Es kann nicht ein einzelnes Individuum belohnen oder bestrafen, das wäre Verschwendung. Würde man die Fußballweltmeisterschaft wiederholen, um »einen« Spieler auf die Probe zu stellen, und wäre es auch der wiedererstandene Pele?

Nach der Krise eine übertrieben heitere Reaktion. Gedankenloser Oberflächenoptimismus. Konnte ich das vorhersehen?

Ein zweitrangiges Problem geht mir im Kopf herum, ein gutmütiges Problem. Ich frage mich, was ich tun werde. In dem ganz banalen Sinn, womit ich mich beschäftigen soll, wie ich meine Tage ausfülle.

Bedürfnisse? Ach je, daran wird es hapern, sie sind bereits alle befriedigt. Die Menschheit hat sich jahrhundertelang abgestrampelt, nur um Vorräte für mich anzuhäufen. Speisen, Getränke, Kleidung. Brennmaterial. Dank ihrer Arbeit kann ich nicht mit der Rückkehr zum animalischen – und Marxschen – Zustand des Individuums rechnen, das vom produktiven Zwang absorbiert wird, das lebt, um sich die Mittel zum Leben zu sichern. Auf diese Rückkehr hatte ich meine Hoffnung gesetzt, um mich nicht zu langweilen, um sozusagen dem Nagen des Gedankenwurms zu entrinnen. Und ich sehe nicht, wohin ich ausweichen könnte. Wehe dem, der allein ist: Sollte sich der uralte Fluch auf eine Verurteilung zum Feierabend reduzieren? Das wäre kurios. Das Drama des »Nachfolgers« sollte in der Erörterung der Freizeitgestaltung bestehen?

Ich schweife ab. Als ich achtzehn war (die üblichen Jugendsünden mit »Stoff«), hatte ich das Gefühl, früher oder später im Irrenhaus zu landen. Eine weitere Gefahr, die mir heute nicht mehr droht. Man *ist* nicht verrückt, man wird für verrückt gehalten oder hält sich dafür, gemessen an einem Verhalten, das anders ist als das eigene. Man braucht einen Vergleichspunkt, wie etwa um festzustellen, ob ein Mann mehr oder weniger potent ist. Adam dachte nie von sich selbst »Ich bin ja so viril«, denn er hatte keine Vergleichsmöglichkeiten. Aus dem gleichen Grund kann ich nicht verrückt werden.

Ich schweife ab. Ich defäkiere, esse. Ich habe den Augenschein in Alpa verschoben. Wieder schlafe ich, traumlos, für zwei Stunden. Der Tag geht so dahin, und draußen fängt es von neuem zu schneien an. Aber als ich aufwache, ein Gefühl der Behaglichkeit. Ich stehe auf und fasse an die Heizkörper. Sie sind warm. Ein Thermostat ist in den Tiefen des Hotels Mayr angesprungen; die Technologie-Vorsehung existiert, steht mir bei. Ich leiste Abbitte, bereue, sie in der Vergangenheit grob beleidigt zu haben.

Endlich Wohlbehagen und eine relative Sicherheit. Nach

Alpa werde ich morgen gehen. Jetzt genügt es, wiederaufzuleben.

Um nach Alpa zu kommen, bräuchte man ein Transportmittel. Aber ich werde nicht den gewohnten Kleinwagen nehmen. Ich bin nicht in der Stimmung, mich den Dingen, die »ihnen« vertraut waren, zu nähern.

Ich mache mich zu Fuß auf den Weg. Man muß bis auf zweitausend Meter hoch steigen, die Straße windet sich in Serpentinen an der kältesten und kahlsten Seite des Widmader Tals hinauf. Mein Bergsteigerinstinkt läßt mich die Abkürzungen entdecken und wählen. Rasch erreiche ich das Dach des Tals, ein Gewebe aus dunklen Wolken.

Ich dringe ein und finde darin die Schatten wieder, die ich unten zurückgelassen habe. Und gleichzeitig gerate ich in die Dunkelheit einer Stelle aus der Apokalypse, die Freund Borges über eine seiner Erzählungen gesetzt hat. Eine seltsame und angebrachte Reminiszenz: Dort heißt es, daß einige beim Herannahen des Endes in den Klüften und Felsen an den Bergen Zuflucht suchen werden. Die Apokalypse und Borges geben mir den Trost eines schüchternen Vertrauens mit auf meinen mühsamen Weg. Ich war schon müde, ehe ich aufbrach; woran ich mich halten kann, sind nur mein spanischer Kognak und diese ungleichen Aufzeichnungen.

Als ich ankomme, ist es Nachmittag (oder scheint es zu sein). Der frische Schnee bedeckt die Baracken, aus denen die Siedlung besteht. Es gibt eine Wellblechhalle, wo das Mineral gebrochen wird. Die Station der Schwebebahn, ein Transformatorenhäuschen, ein Dutzend Hütten. Die Siedlung bietet sich mir dar, aber nicht ihre Bewohner; von denen sehe ich keinen. Aber selbst wenn ich welche sehen sollte, lebendig, werde ich der Apokalypse nicht trauen, ich werde mich als eine erfundene Figur fühlen. Die Welt wird für mich zu einer Doppelwelt von zweideutiger Inkonsistenz werden wie jene des Symbolismus, auf die Borges seine Muster stickte. Aber zumindest wird die widerliche Alternative aufhören: auserwählt oder zurückgestoßen.

Niemand kommt mir entgegen. An der Flanke des Berges führt ein Korridor von Gittermasten in den Stollen. Ich erkunde ein großes Stück, geleitet von den Gleisen der Förderbahn. Im Stollen ist es sehr warm, alle Lichter brennen, ich stolpere über Haufen von auf dem Boden verstreutem Gerät, Pickel, Bohrer, Schaufeln. Bergmannshelme mit den Lämpchen daran. Die Männer, die sie benutzt, die sie auf dem Kopf getragen hatten, gibt es nicht. Ich will gerade umkehren, als ein krachendes Donnern mich an die Wand nagelt.

»O Ewigkeit, du Donnerwort.«

Für einen Augenblick sitzt mir die Angst wieder im Nakken. Ich warte zitternd auf ein wirbelndes Herabstürzen von Felsbrocken, die für immer dieses mein riesiges Grab versiegeln. Mir bleibt noch die Zeit, die gotteslästerliche Dreistigkeit zu ermessen, die mich an diesen Ort geführt hat, und sie zu verwünschen. Mir wird keine Zeit bleiben zu fliehen, und ich versuche es auch gar nicht. Das Donnern entfernt sich. Oder wird leiser. Hört auf.

Schritt für Schritt kehre ich nach draußen zurück. Ich atme auf. Aber Menschen, menschliche Wesen, sind nicht da, weder lebendig noch tot, weder dort drinnen noch hier draußen. Ein Hund, dessen Jaulen zu mir dringt, das Prasseln des Regens und ich.

Ich muß zu der Einsicht kommen, daß ich wirklich ganz allein bin. Keine Fabeln, keine feingesponnenen Sarkasmen à la Borges; ich bin eingetaucht in eine leere, fast greifbare Realität, in der kein Platz ist für Spiegelbrechungen, für

Labyrinthe und Auswege, entrinnbare Zauber, versteckte Paränesen. Alles ist linear und geht in eine Richtung. Glatt und ohne Punkte zum Festhalten, wie eine Glasscheibe, und ich entdecke keine Hinweise, es sei denn auf meine Armseligkeit, auf meine Unwissenheit, auf meine vollkommene Unzulänglichkeit. Keine zweifelhaften Amphibolien, keine zu widerlegenden Rätsel, abgesehen von der Unverhältnismäßigkeit zwischen den Geschehnissen und der Person. Mir bleibt nur ein Weg: die Resignation. Irgend jemand genießt die immense Ironie dieser Unverhältnismäßigkeit. Wird daraus exemplarische Parabeln ableiten.

In ihrer Kantine haben die verschwundenen Bergleute Bündnerfleisch, Zwieback, Bier, italienischen Wein für mich aufgehoben. Ich esse – meine physische Widerstandskraft ist ihrerseits mysteriös, die Industriellen der Früherkennung wären konsterniert. Erst jetzt werfen mich Müdigkeit, Kälte, Verbitterung, Angst nieder, ich falle in einen bleiernen Schlaf, den Kopf auf dem Tisch.

Ich entdecke die Quelle des Kadavergestanks, der mich in den vergangenen Tagen im Mayr verfolgt hat. In der Gasse neben dem Hotel, auf einem Lieferwagen, eine Anzahl Hühner in Käfigen. Schon seit einer Weile tot und in Verwesung. Dem toten Geflügel scheint es – jenseits jedes Dementis – zu gelingen, einem der Phänomene, die mich in Schrecken versetzt haben, Gestalt zu verleihen. Es subsistiert eine Ebene des Natürlichen und des Kausalen neben der Ebene des Unnatürlichen und des Unerklärlichen, und gerade dieses Nebeneinander unterstreicht das Unnatürliche und das Unerklärliche.

Es scheint, daß es mir zukommt, zwischen den beiden Ebenen hin und her zu schwanken – wie die Badenden im Schwimmbecken, aber weniger komfortabel.

Die Badenden. Unter naßkalten Windböen inszeniere ich auf dem Rathausplatz ein Festival in Plastik und Papiermaché. Ich vergrößere die Öffnung, die ich in ein Schaufenster des Warenhauses geschlagen habe, und trage etwa zwanzig Schaufensterpuppen heraus. Ich nehme sie aus der Abteilung »Ausverkauf«: Sie sind realistischer, ein bißchen altmodisch (mit Perücken). Und ich stelle sie mitten auf dem Platz auf, in Grüppchen. Der Ort belebt sich sofort wieder, nimmt sein gewohntes Aussehen an. Ich möchte sagen, vorteilhaft im Vergleich zu der Wirklichkeit, an die ich mich erinnere.

Und es ist klar: Plastik, Papiermaché. Hat doch der große Roland Barthes lautstark verkündet, daß die Materie wesentlich wertvoller sei als das Leben. Andere Puppen, weibliche, trage ich ins öffentliche Schwimmbad, das gleich dort hinten liegt und dessen Wasser im Föhnwind Wellen schlägt. Ich binde jeder einen Ziegelstein an die Füße und tauche sie hinein. Ich habe das Gewicht gut abgeschätzt; sie gehen nicht unter, sondern bleiben mit dem ganzen Oberkörper draußen. Meine Badenden finden sich zu Gruppen zusammen, bewegen sich fröhlich auf und ab, inmitten des verblüfften Gewässers.

Als ich auf den Platz zurückkomme, hat der Wind, der seitlich über ihn hinwegfegt, unter meinen Freunden gewütet. Sie liegen am Boden, im Schnee, der schmilzt, und während sie ihr Lächeln unverzagt zum Himmel richten, erinnern sie mich an den Platz vor dem Winterpalais, nachdem die Kosaken auf die Aufständischen geschossen hatten.

Geduldig sammle ich sie einen nach dem anderen wieder ein. Diesmal setze ich sie in die Autos, die hartnäckig auf dem Parkplatz ausharren. Natürlich sind es Gliederpuppen; aber ich wundere mich doch, daß sie sich ganz ohne Anstrengung, beinahe begierig, hineinsetzen lassen. Die

Menschheit findet mit Befriedigung zu ihren Lieblingshaltungen zurück.

Um so mehr, als die Autos noch *lebendig* sind.

Ich drehe versuchsweise an einem Zündschlüssel: Der Motor springt an. Nachdem ich ein paarmal aufs Gas getreten habe, bleibt er im Leerlauf. Sogar das.

Es ist spät abends, und ich habe den ganzen Tag untätig in meinem Hotel-Leichenhaus zugebracht. Jetzt am Abend packt mich ein alter Drang, ich suche die Schreibmaschine im Büro, spanne ein Blatt ein. Professionelles Stereotyp, das dem Instinkt des intellektuellen Wiederkäuens entspricht. Das Recycling über die üblichen Filter.

Ich bringe eine halbe Seite zu Papier.

»Die Immanenz des anthropologischen Typus ist ein Gesetz, das keinen Ausweg erlaubt wie ehemals die Immanenz des Idealtypus. Wir haben die gesamte Wirklichkeit auf den Menschen reduziert, die wissenschaftlichen Daten nicht ausgenommen. Jetzt scheint der Mensch verschwunden zu sein, der Panhumanismus jedoch nicht, und in seinem Rahmen kann sich alles, auch die Nacht zum 2. Juni, auflösen lassen. Das Lösungsmittel besteht in Sarkasmus, feingesponnenem Sarkasmus, oder in gutmütigem Humor. Der Automotor, der anspringt: die Dissipatio h. g., die einen Vergaser nicht daran hindert, die Verbrennung zu regulieren. Die Besitzer im Tale Josaphat, angesichts des Jüngsten Gerichts, und ihre Autos hier herunten, fahrbereit. – Jüngstes Gericht: zu welchem Zweck? Unser Jahrhundert hat es vorweggenommen. Die Verdammten und die angeblich Seligen füllten die vielen großen Chrysopolen. Josaphat war unser Jahrhundert, das diskriminierte, es tat nichts anderes als diskriminieren, entsprechend seinen rigorosen und zahllosen Codices.«

Ich verlasse, unbefriedigt, das Büro und mein Blatt.

Unbefriedigt und nicht überzeugt. Im Grunde glaube ich nicht an die Immanenz. Und der Panhumanismus ist ein *fad,* würde mein Ex-Kollege Lopez sagen. Eine Mode. Eine Mode, die schon eine ganze Weile andauert und sich immer noch hält, weil es *einen* Konformisten gibt – und solange es diesen Konformisten geben wird.

Und doch, ich bin von der Angst zur Routine zurückgekehrt, und das Wiederaufleben der Gewohnheiten ist ein positives Faktum, wenn man unter traumatisierenden Umständen leben muß. Die Gewohnheit, auf einer Schreibmaschine zu klappern, das – vielleicht morbide – Vergnügen der intellektuellen Annäherung an die Geschicke, die wir erleben, einschließlich der intimen und kaum zu gestehenden.

Charles, oder Carlos, Lopez. Ein Komparse in der wenig heiteren Komödie meiner dreißig, zweiunddreißig Jahre; ich verstehe nicht, warum er jetzt wieder ins Rampenlicht tritt, auf einer so anderen und noch dazu menschenleeren Bühne.

Nordamerikaner. Ich lernte ihn in Chrysopolis kennen, als Korrespondenten eines New Yorker Finanz-Wochenblatts. Vor kurzem war er zum Kolumnisten einer Tageszeitung in Washington aufgestiegen. Ihm verdanke ich die Begegnung mit der süßen Henriette, die allem Anschein nach zu seinem Damenkreis gehörte und die ich ihm also sozusagen ausgespannt habe – ohne deswegen seine Sympathien zu verlieren. Carlos hatte die Gabe der formellen Herzlichkeit; er war einer von denen, die zur alljährlichen Glückwunsch-Erpressung beitrugen. Zu Weihnachten und anderen Gelegenheiten schickte er mir besonders schöne Karten, wertvolle. Mit glühenden Anstachelungen *to put out.* Zu produzieren, zu publizieren? Was?

»Schickte mir«, »hatte«. Carlos ist so alt wie ich. Es

bestünde noch kein Grund, von ihm in der Vergangenheit zu sprechen.

Im übrigen läßt sich das nachprüfen. Das Mayr hat eine bedeutende amerikanische Klientel, und in der Portiersloge muß es einfach ein Telefonbuch von Washington geben.

Es gibt eines, und die Uhr in der Halle zeigt zehn Minuten vor Mitternacht. An der Atlantikküste ist es jetzt 18 Uhr, eine Tageszeit, zu der ein Kolumnist bestimmt nicht in der Redaktion sitzt. Aber irgend jemand wird abnehmen. Die interkontinentalen Leitungen können in diesen Tagen nicht überlastet sein, ich werde schnell mit jemandem sprechen können – vorausgesetzt, daß es dort jemanden gibt, der in der Lage ist zu sprechen. Die Nummer, aber zuvor den Kometenschweif an Vorwahlziffern.

Drei, vier Sekunden. Eine Frauenstimme. Hier Washington D.C., The Washington Post. Heute, Samstag, 1. Juni, und morgen, Sonntag, 2. Juni, sind die Verlags- und Geschäftsräume geschlossen. Die Redaktion ist unter folgender Nummer zu erreichen …

Eine Frauenstimme, auf Band. Wie aus Paris, aus der Praxis des Zahnarztes Ibn Yussef (Ahmed). Und sie sind immer noch bei Samstag, dem 1. Juni. Auch sie. Auch dort.

Mir bleibt der breite amerikanische Akzent im Ohr. *Hiea Uaschingten Di-Ssi.*

XVII

Gedemütigt durch das idiotische Resultat, bleibe ich vor der Tür der Telefonkabine stehen. Mir kommt in den Sinn, daß ich, da ich persönlich nicht gerade auf der »Linie« des Westblocks liege, aus Gründen der Unparteilichkeit versuchen sollte, nach Moskau oder nach Peking oder nach Tirana zu telefonieren. Doch ich sage mir, die Nacht zum 2. Juni hat keinen Unterschied gemacht zwischen Ost und West, es ist nutzlos, ich habe schon genug telefoniert. Und in diesem Augenblick ruft mich jemand aus der noch offenen Kabine.

Das Timbre (männlich) dieser neuen Stimme klingt nicht so, wie wenn jemand durch eine Sprechmuschel spricht. Im übrigen habe ich den Hörer wieder aufgelegt, das Telefon kann also nicht funktionieren.

»Ja«, sagt der Mann, »Sie erkennen mich, ich bin es.« Ich erkenne die Stimme. »Ich bin es, und das werde ich Ihnen beweisen: Erinnern Sie sich an das Gedicht, das Sie mir beigebracht haben? Ich zitiere die ersten Verse.« Er zitiert sie. »Jetzt hören Sie mir zu. Ich weiß, daß Sie in Not sind, und ich werde Ihnen zu Hilfe kommen. Ich hoffe, daß wir uns bald treffen werden, dort, wohin Sie mir nicht folgen konnten.«

Die Halluzination (aber handelt es sich um eine Halluzination?) ist klar und präzis, sie hat nichts Verfängliches, wie sie auch nichts Furchteinflößendes an sich hat. Sie ist wohltuend. Sie ist aufmunternd. An das Detail, auf das sich Karpinsky bezieht, hatte ich mich nicht mehr erinnert, aber es stimmt. Ich war erst seit wenigen Tagen in der Klinik, und ich las Karpinsky den Anfang eines Gedichtes vor, von einem berühmten südamerikanischen Autor. »Das Stethoskop hängt über dem weißen Kittel. Unter dem weißen Kittel ist ein Hemd, unter dem Hemd eine Brust. In dieser Brust schlägt ein Herz.«

Die Umstände, unter denen er sich bemerkbar machte, sind banal, aber ich habe keinerlei Zweifel, daß er von einem wesentlich ferneren Ort als Washington D.C. zu mir sprach, einem Ort, der nicht auf dieser Erde liegt. Um mir das klarzumachen, brauche ich nicht nachzudenken, das erfasse ich intuitiv, mit absoluter Gewißheit. Er verabredet sich mit mir. Für wann? Für morgen, wenn ich will. Wo? Wo er jetzt wohnt? Nein, hier, hier unten; er wird hier herunter kommen. Sonst hätte er nicht gesagt: »Sie sind in Not, ich werde Ihnen helfen.«

Also dann wo? Einen Tag in der Woche, den Samstag oder den Sonntag, hatte Karpinsky in der Klinik dienstfrei, wir bekamen ihn nicht zu Gesicht. Carlini, sein Freund, erklärte mir, daß der Doktor religiös sei und in seiner Kirche, in der Stadt, ein Amt übernommen habe. Irgend jemand anders behauptete dagegen, er beschäftige sich mit Politik, ebenfalls in der Stadt. Er sei in einem dieser Dissidenten-Klubs aktiv, die unter dem Namen *rayons* oder *Fäustchen* liefen; früher trugen sie den bescheidenen Namen »Grüppchen«. Er jedenfalls redete nicht darüber. Einmal fragte ich ihn, wie er denn seinen freien Tag zubringe, und er antwortete mir: »Kommen Sie mit, dann werden Sie es wissen.« Aber der Direktor Wanhoff riet mir davon ab, das Gelände zu verlassen, und ich wollte nicht insistieren. So erklärt sich der letzte Satz: »Wohin Sie mir nicht folgen konnten.« Einen vagen Hinweis hat er mir gegeben.

Diese Neowelt des Paradoxen läßt liebe und fromme Geister zu, läßt einen Karpinsky zu. Geister, die (kurioserweise) »Sie« sagen und sich der Telefonkabinen bedienen. Das Medium ist, zum Glück, nicht die Botschaft. Die Botschaft ist Güte, Beistand.

Ich werde Chrysopolis wiedersehen; die Stadt ist Chrysopolis.

In aller Frühe suche ich meinen Kleinwagen, diesmal habe ich keine Hemmungen, und ich finde ihn wieder, noch dazu mit einer Überraschung, die mir als freundliches Omen erscheint: Ein noch winziger Steinbock liegt zwischen den Rädern, schläft, geschützt vor dem Regen. Die Mutter und andere ausgewachsene Tiere, vier oder fünf, grasen in der Nähe, auf dem Rasen vor dem Kursaal. Noch nie habe ich eine so große Gruppe dieser Tiere angetroffen, nicht einmal im Hochgebirge. In Klaus, wo mein Tal in die Ebene übergeht, fahre ich an einem Werksgelände vorbei. An der Umfassungsmauer eine riesige Aufschrift: Unsere Waschmittel sind zu 93% biologisch abbaubar. – Inzwischen sind Hersteller samt Kunden zu 100% biologisch abgebaut worden. Die Steinböcke merken das und nutzen es aus.

Ich fahre durch die stummen Vorstädte von Chrysopolis, halte an der Synagoge (»Kultusgemeinschaft«) an, einem bekannten Bauwerk von Gropius, zwischen den Einfamilienhäusern eines Wohnviertels am Stadtrand. Ich steige die Stufen hinauf, warte. Ich bilde mir nicht ein, mit ihm sprechen zu können, mein Wiedereintritt in die Kommunikation wird stumm sein. Es genügt mir, ihn vor mir zu haben. Er (so sage ich mir) hat mich aufbrechen sehen; er sieht mich in diesem Augenblick; er weiß, daß ich zur Verabredung eile. Die Kultusgemeinschaft weist auf einem Anschlag darauf hin, daß es noch eine weitere Synagoge gibt, die den Gläubigen zur Verfügung steht: das »Oberrabbinat und die Schule der Kinder Zions«. Nicht weit von hier.

Aber steht es denn fest, daß Karpinsky, obwohl Pole und mit gewissen somatischen Merkmalen, wirklich jüdischer Herkunft und Religion ist?

Der Zweifel erweitert meine Suche. Ich gehe, im Regen, in Richtung Zentrum, biege in die Calvinstraße ein. Ich erkenne die evangelisch-methodistische Kirche. Aber die ganze Calvinstraße ist ein Blütenkranz kultischer Andacht; ich begebe mich zum Sitz der »Gesellschaft der Freunde, Quäker«. Ich warte ein wenig, dann gehe ich weiter zur »Association du Foyer Réformé«. Die historische Kathedrale des Großen Konvents mit ihren gotischen Giebeln lasse ich unerforscht hinter mir. Es scheint mir ausgeschlossen, daß sich mein Freund das Münster ausgesucht hat. Zu berühmt, zu touristisch. Mit dieser Ausnahme (später werde ich auch dort vorbeischauen) bete ich Perle um Perle den Rosenkranz der städtischen Heiligkeit ab. »Église Évangélique Libre.« Karpinsky als Ausländer konnte einer dieser besonderen Denominationen angehören wie der »Assemblée évangélique des Frères« oder, etwas weiter, der »Église Biblique«. Von Karpinsky keine Spur. Zumindest »höre« ich ihn nicht.

Ich fange an, müde zu werden, aber ich gebe nicht auf. Ich muß ihn finden, er kann mich nicht getäuscht haben.

Ich überquere die erste der großen Alleen, die zum See führen, dringe ins Geschäftszentrum vor. Wenn sich die Wohnviertel durch ihre gut sortierte Religiosität empfehlen, die Bank- und Handelsforen stehen ihnen darin nicht nach:

Unierte Lutheranische Kirche.
Lutherische Nationalsynode.
Sankt-Theresia-Kirche.
Kapelle des Missionsinstituts.
Pfarrei und Kirche Sankt Markus.
Wallfahrtskirche zur Heiligen Quelle.
Pfarrei und Kirche Heilige Maria vom Volk.
Christkatholische Apostelkirche.

(Es gab also in Chrysopolis auch einen christ-katholischen Glauben außer dem bloß katholischen.)

Iglesia Evangélica Española.
Kirche Pius X.
Christkatholisches Gemeindehaus.
Kleine Basilika von der Unbefleckten Empfängnis.

(Eine verkleinerte Ausgabe von Sacre Cœur auf dem Montmartre, wie man es auf einem Bild von Utrillo sehen konnte.)

Die Kirchen Sankt Martin, Corpus Domini, Heilige Johanna von Chantal.

Die Herz-Jesu-Kirche. (Sezessionsstil, sieht aus wie ein Kino. Nicht sehr einladend in mystischer Hinsicht.)

Maria-Lourdes-Kapelle. (»Nur sonntags geöffnet.« Dafür ist sie von einer Grotte flankiert, und es gibt sogar einen echten kleinen Wasserfall.)

Russisch-Orthodoxe Kirche.
Russische Patriarchatskirche von der Auferstehung Christi.
Heiliges Kreuz in Jerusalem, Kirche und Betsaal.
Kapelle vom Kinde Jesu, beim Kloster der Visitandinerinnen.
Christ's Church, Anglo-Catholic Community.
Christ's Chapel of the Free Christian Brotherhood.
Kirche Jesu Christi der Heiligen der Letzten Tage.

Meine Hoffnung ist zwar im Schwinden, aber sie zögert, sich zu ergeben. Ich besuche eine Kirche nach der anderen, zerknirscht und zu Fuß, wie ein Osterpilger in Rom.

Vor den geschlossenen Portalen bleibe ich stehen und schaue um mich; dann konzentriere ich mich und spitze das Ohr.

Melancholie, keine bittere, auf der Rückfahrt nach Widmad. Mein Freund ist irgendwo aufgehalten worden; oder ich habe ihn mißverstanden.

Ich könnte mich über unsere gute Stadt in Spott ergehen. Sie beherbergte, in gewissenhafter Ehrerbietung und mit unschätzbarem Profit, die Hauptniederlassungen von sechsundfünfzig Banken. (Eine Bank auf siebentausend Einwohner, während in Paris eine auf vierzigtausend Einwohner, in London eine auf fünfzigtausend kam.) Und den Blick auf den Börsenbericht, die Seele zum Himmel gerichtet, stellte sie ihnen ungefähr ebenso viele Kirchen an die Seite, versehen mit Kuppeln und Türmen, verziert mit bemalten Fenstern, Marmorstatuen und Blumenbeeten; Sancta Plutocratia. Ich könnte ihr einen neuen Namen anfügen, Chrysopolis-Christopolis, und irgendein Max Weber würde die Antinomie versöhnen. Aber ich bin nicht in der Stimmung, zu spötteln oder mich in Kultur zu ergehen. Ich lenke nachdenklich mein apokalyptisches Wägelchen über stillen, geruchlosen Asphalt, Asphalt der Ewigkeit.

»En attendant Karpinsky«? Genau das Gegenteil. Karpinsky ist es, der auf mich wartet. Ich lasse ihn warten, indem ich seinen Appell mißverstehe. Ich suche ihn in Tempeln aus Holz oder aus Stein, während sein Sinn für das Göttliche frei und ungehindert schweifte. Das Personal in der Klinik stellte ihn sich als Diakon oder Sakristan vor, während er vielleicht fortging, um die Kommunion in den Augen einer Geliebten zu finden. Wer wartet, ist er, und er ist es, der enttäuscht ist; über meinen Konformismus.

Aber nicht so enttäuscht, daß er darauf verzichten würde, weiter zu mir zu sprechen. Er wird mit mir sprechen.

Ich habe zum letztenmal in der Hotelhalle des Mayr geschlafen.

Von heute an ziehe ich in den Bahnhof, das heißt nicht direkt in den Bahnhof, in einen Güterwagen. Selbstkasteiung, vielleicht. Eher jedoch, würde ich sagen, der vernünftige Impuls, der die Leute bei Erdbeben, Bombardements dazu trieb, sich in die Züge zu flüchten. Der Zug gibt einem das Gefühl von etwas Provisorischem, aber auch von Mobilität, von potentieller Flucht. Im Warenhaus finde ich das Nötige, um meine neue Bleibe zu möblieren. Unter dem Nötigen eine Reiseschreibmaschine. Der Waggon, in den ich ziehe, ist einer von denen, die man bei Gleisreparaturen verwendet (ein Symbol, das seine Wirkung auf mich nicht verfehlt hat); und tatsächlich ist er an einen anderen Wagen, beladen mit Schwellen und Bolzen, angekoppelt. Sicher, mein »Ziegenstall« wirkte dagegen wie ein Palazzo, doch es fehlt nicht ganz an Komfort, die Eisenbahner hatten hier eine Art Unterkunft: Es gibt einen Ofen, Stühle, einen kleinen Tisch, an dem ich esse und auf den ich die Reiseschreibmaschine gestellt habe, übereinanderstehende Betten, eine kleine Vorratskammer, Petroleumlampen.

»Auf den ich die Reiseschreibmaschine gestellt habe« – ich, Schiffbrüchiger der Schiffbrüchigen. In welche Flasche werde ich meine Manuskripte stecken, welchen Wellen sie anvertrauen? Ich habe mir die Frage nicht gestellt.

Ein wichtiges Detail ist dagegen dieses: In meinem neuen Domizil ist niemand *hingeschieden.* In der Nacht auf den 2. Juni, vom Samstag auf den Sonntag, war der Waggon mit Sicherheit leer. Und er empfängt mich mit einem guten, sauberen Geruch, nach rohem Tannenholz.

So ergreife ich also festen Besitz vom »Erbe«. Ich mache mir die Situation bewußt. Transhistorisch, posttheologisch, metaphysisch, was immer sie sei, absurd und unmöglich, ich richte mich in ihr ein. Ich ziehe aus ihr, was ich kann.

Karpinsky erzählte mir einmal eine Episode aus dem

Briefwechsel Freud–Jung. Jung schlug Freud auf einer einfachen Postkarte vor, ihre Erfahrung als Psychologen in ein paar Worten zusammenzufassen. Innen wie außen, der Mensch besteht aus Gewohnheit. Freud erwiderte: Einverstanden! – Ich könnte eine Anmerkung hinzufügen. Je aufwühlender die Reize sind, desto dringender, desto vitaler ist das Bedürfnis nach Anpassung.

XVIII

Ich passe mich an. In Intervallen.

Ich habe Stunden damit zugebracht, herauszufinden, ob ich auf das Mädchen mit dem Schwarzauge zurückgreifen werde. Welche Wahrscheinlichkeit besteht, daß ich es noch einmal versuche? Keine, sage ich mir. Denn der Selbstmord verlangt nach einem oder mehreren Adressaten. Nach irgend jemandem, den wir zu bestrafen oder aber auch zu bessern beschließen (siehe Brutus). In Ermangelung von Adressaten kann ich mich nicht mehr umbringen, so wie ich keine Telegramme mehr aufgeben kann.

Das ist ein Sophismus.

Als erstes müßte man die Frage klären, ob und wieweit ich noch am Leben, das heißt mögliches Subjekt-Objekt eines Selbstmords bin. Der pathetische Zweifel und der systematische, Hamlet und Descartes, müßten mir wie ein Witz erscheinen im Vergleich zu *meinem* Zweifel, wenn ich ihn ernst nähme. Faulheit und Feigheit weigern sich, hinter der Maske vornehmer Zurückhaltung. Ausreden. Mein Agnostizismus war nichts als Rückzug, meine Disponibilität als Amoralist reine Ausflucht. Ausreden. Ich könnte mich folgendermaßen definieren: der personifizierte Todesgedanke, der erschrocken den vollzogenen Tod streift, während er mit der Todeshypostase liebäugelt, dem triumphierenden und allumfassenden Tod (vorausgesetzt natürlich, daß er selbst davon ausgenommen bleibt). Und der diese ganze Geschichte, das sogenannte »Ereignis« von der Nacht zum 2. Juni, erfunden, ausführlich beschrieben hat, um sich ein Hoffnungsrefugium zu konstruieren, in dem uralten Traum von der Unsterblichkeit; einer Unsterblichkeit (versteht sich) nur für ihn, wie er auch das Leben nur für sich wollte.

Und diese ganze Geschichte wäre die makabre Pointe eines blindwütigen, auf der anderen Seite aber feigen und trägen Solipsisten, der eigensinnig den Gedanken zu sterben von sich weist.

Heute morgen im Dunkeln wurde ich wach, nach einem traumlosen Schlaf. Ich wurde wach, und kurz darauf wandelte, spazierte ich herum, im Zustand eines perfekten Automatismus. Oder Raptus.

Bei einem wachen Individuum wird der Raptus a) durch Dauerstreß, b) durch plötzliche emotionale Aufwallung ausgelöst. In meinem Fall haben die beiden Faktoren zusammengewirkt und sich in eine Zwangsentscheidung umgesetzt, das heißt, es ist meine Entscheidung, und zugleich kommt sie von außen. Ich habe den Wagen in Gang gesetzt und bin losgefahren, für eine Weile ohne zu wissen, was ich suchte und wohin ich eigentlich wollte. In Wirklichkeit hatte ich es auf Teklon abgesehen, den Flughafen. Ich fuhr mit einem geradezu verschwendeten Reaktionsvermögen, nur mäßig schnell, und ich weinte.

Nein, ich brüllte. Nicht Angst, nicht Schmerz: Kummer. Ähnlich einem rasenden Heimweh, der Trauer um den bitteren Verlust eines unwiederbringlichen Gutes. In vierzig Minuten war ich in Teklon. Ohne einen Augenblick zu zögern, ging ich zu den Büros in dem niedrigen Gebäude rechts vom Eingang, das ich noch nie betreten hatte. Ich suchte nach Pappbögen, großen Blättern, um darauf zu schreiben. In fieberhafter Arbeit habe ich etwa zwanzig davon vorbereitet und dann in der Zollabfertigung, in der Schalterhalle, in der Cafeteria, auf dem Platz vor den Rollfeldern ausgelegt. Alle mit der gleichen Aufschrift. »Sollte irgend jemand hier vorbeikommen, so bitte ich ihn, mich zu verständigen. Geben Sie mir eine Nachricht, let me know, send me a word.« (Die Botschaft war auf englisch, der lingua franca der Flughäfen.) »Wer immer Sie sein mögen, ich flehe Sie an, kommen Sie zu mir oder verständigen Sie mich auf irgendeine Weise. Ich bin in Widmad, nur 37 Kilometer von hier entfernt. Look there for the former man, there is but one. Der Schreiber ist der Ex-Mensch, es gibt nur ihn.«

Bewußtheit ist noch nicht Wille; ich wußte, daß ich handelte, doch ohne daß ich mir vorgenommen hätte zu handeln, passiv; der Text der Botschaft beweist es. Ich registrierte dankbar die Erleichterung, die mir daraus erwuchs. Von Teklon habe ich nichts gesehen, mein Aufenthalt war kurz. Ich glaube nur bemerkt zu haben, daß dort draußen auf dem Rollfeld die Tupolew 62 ihren Arm immer noch brüderlich auf die DC 9 PanAm legt.

Ich bin in Widmad. Und ich frage mich, ob ich das alles nicht geträumt, erfunden habe, diese sich plötzlich dazwischenschiebende Sehnsucht nach Menschheit. Erfunden, versteht sich, zum Zwecke der Selbstrechtfertigung.

Und ich bin eben zurückgekommen. Ich berufe mich auf den Anblick der beiden nebeneinanderstehenden Flugzeuge auf dem Rollfeld. Es könnte eine Paramnesie sein. Aber stimmt es oder stimmt es nicht, daß ich auf halbem Weg im Tal die Straße vom Fluß überschwemmt gefunden habe? Die Wagenräder standen bis zu den Naben im Wasser. Ich gehe, um das Auto zu inspizieren: Es ist von Schlamm verspritzt, von frischem Schlamm. Die Fahrt habe ich also unternommen, es ist keine Paramnesie.

Dieses Phänomen der Paramnesien, der falschen Erinnerungen, hatte mir schon in der Grünen Villa zu schaffen gemacht, in der Klinik, während der letzten Zeit, als ich bereits auf dem Weg der Genesung war. Karpinsky versuchte mich zu beruhigen: »Aber nein, machen Sie sich keine Gedanken, das hat nichts mit Ihrer Neurose zu tun, die Psychoanalyse hält es sogar für ein positives Symptom.

Und hier«, fügte er lächelnd hinzu, »können wir der Psychoanalyse trauen.«

O Doktor Karpinsky, sage ich zu ihm. Laß uns endlich zusammenfinden. Ganz gleich, wo und wie. Aber laß uns zusammenfinden.

Jetzt passiert es mir manchmal, daß ich mit ihm spreche, laut, als ob er vor mir stünde.

Karpinsky, mein Freund Karpinsky, ich habe nur dich. Mit Übertragung hat das nichts zu tun, das weißt du genau. Es ist, weil ich allein bin. Die Welt bin ich, und ich bin dieser Welt, dieses Ichs müde. Laß dich sehen.

Ich bin in die Halle des Hotels Victoria eingedrungen, habe Horden von Katzen verjagt, die dort konspirierten. Seit zwei Stunden bin ich damit beschäftigt, am Fuße der großen Treppe Klubsessel, Teppiche, Zeitungen aufzuschichten, alles, was ich an Brennbarem finde.

Das Victoria erhielt seinen Namen nach einem Aufenthalt der Königin Victoria im Jahre 1890: gekrönte Kaiserin von Indien, auf Betreiben des Ministers Disraeli, eines Juden und maßlosen englischen Nationalisten. Dieses Hotel mit seinen kahlen Kuppeln, seinem altmodischen Festtagslächeln ist eine Reliquie des Kolonialismus auf 1200 Metern ü. d. M. Ich mache mich daran, mein Tal von diesem anachronistischen Emblem zu befreien, indem ich es in Brand stecke. Ich, der ich bestimmt kein Pyromane bin, im Gegenteil, ich litt an Pyrophobie, und Karpinsky hatte das herausgefunden. Aber ich entdecke in mir einen neugeborenen Haß gegen diese Person, die kleine, gichtige Königin, Victoria, und ich wundere mich, daß, ich sage nicht ein Lytton Strachey, aber der große Gandhi nachsichtig von ihr gesprochen hat.

Genau um 14.15 Uhr entzünde ich das Scharfrichterstreichholz. Um 14.30 Uhr entferne ich mich, der Salon ist dabei, sich in einen Scheiterhaufen zu verwandeln. Ich gehe hinaus, um mich im Regen zu waschen. Ich bin schmutzig von altem Staub bis unter die Achseln, rußig bis zu den Ohren. Während ich mich wasche, bemerke ich, daß zur Ebene hin, gegen Norden, die Wolkendecke aufreißt oder sich doch hebt. Der Regen wird silbern. Es scheint, als ob der Himmel von dort her aufmerksam die Dinge betrachte. Meine Werke.

Der Gegenwart meines Freundes, nicht greifbar, nicht körperlich, ermangle ich nicht; sie enthüllt sich auf seltsamen und unvorhergesehenen Wegen, aber sie bleibt nicht aus.

Die Buchhandlung gegenüber dem Bahnhof ist der einzige Laden, der nichts für mich bietet, nichts Brauchbares, nichts, was mich anginge. Unter allen Nachfolgern ist der schlechtestmögliche erwählt worden, zumindest der am wenigsten lesefreudige. Seit Jahren schlage ich kein Buch mehr auf, gleich ob neu oder alt.

Er hat mich zur Buchhandlung gelenkt. In der Auslage die übliche narrative Aufgeplustertheit, in vier Sprachen, die übliche essayistische Emsigkeit. Im Mittelpunkt ein Bändchen mit blauem, rot umrandetem Schutzumschlag. Ein Exemplar des Guide Bleu? Ich schaue genauer hin, es ist nicht der Guide Bleu. An der Stelle des Titels lese ich einen Satz auf italienisch, in zwei Zeilen gedruckt. *Ti aspetto. Non qui.* – Ich erwarte dich. Nicht hier.

Es würde mich wenig kosten, an das Buch zu kommen, eine Scheibe einzuschlagen, aber ich denke nicht daran. Genausowenig wie es meine Neugier weckt, daß dieser Titel italienisch ist, während *er* nicht Italienisch sprach, er konnte es nicht; genausowenig wie es mich verwundert, daß ich dieses Buch bei den paar Malen, die ich in den letzten Wochen vor der Buchhandlung stehengeblieben war, nicht bemerkt hatte. Ich habe mir andere Fragen zu stellen.

Vor allem: Werde ich, während er sein Versprechen hält, das meine halten können? Er sagt zu mir: »Nicht hier.« Also jedenfalls nicht in Widmad. Das heißt, daß ich das einzige Programm, das ich mir gemacht oder zu dem mich mein Instinkt getrieben hat, aufgeben müßte. (Schutzreaktion, Selbsterhaltungstrieb oder ein erstes, tröstliches Wiederaufgreifen einer Gewohnheit.) Aus meinem Widmad weggehen. Weggehen, wohin?

Erst gestern habe ich mir geschworen, mich nie mehr über Lewrosen hinauszubegeben. In das Tal von Lewrosen. Das ist eine Beschränkung, die ich mir völlig freiwillig auferlegt habe. Außerdem gibt es da gewisse Hemmungen: Ich kann nicht mehr dort hinauf in mein Haus gehen. Ich kann, hier in Widmad, keinen Fuß mehr in den Südwestteil des Ortes setzen, wo die Flucht der Totenschädel stattgefunden hat, so daß ich auch nie mehr bis zum Marktplatz, bis zur Holzbrücke, bis zum Zemmi, meinem schönen Gebirgsfluß, gelangen werde.

Ich kann mich nicht mehr im Spiegel anschauen. Denn ich bin sicher, daß mir die Angst ihren Stempel ins Gesicht gedrückt hat. Ich trage sie auf mir.

Ich benütze keinen Spiegel mehr, trotzdem rasiere ich mich sorgfältig, jeden Morgen. Ich gewinne wieder Geschmack an persönlicher Sauberkeit. In diesem Augenblick (es regnet nicht) bin ich im Schwimmbad unter meinen Badenden, einem beheizten Schwimmbad; ich habe Schwamm und Seife bei mir und wasche mich sorgfältig. In Kürze, wenn ich aus dem Wasser steige, werde ich mich mit parfümiertem Körperpuder bestäuben. Ich werde mir die Strumpfhose anziehen, einen (überflüssigen) Strapsgürtel mit hellblauen Blümchen und mein riesiges Spitzenhöschen.

Seit ein paar Tagen verwende ich Damendessous, die ich mir im Warenhaus ausgesucht habe.

Meine Fettleibigkeit, die zugenommen hat, paßt nicht schlecht zu diesen unüblichen Accessoires, auch wenn die Muskelmassen das Nylon der Strümpfe gefährlich dehnen. Am Abend beim Ausziehen fühle ich keinerlei Erregung, weder physisch noch psychisch; diese behaarten und kräftigen Beine wirken nur clownesk unter dem schwarzen Schleier. Ich glaube, daß ich meinen »Transvestismus« auch auf die Oberkleidung ausdehnen werde, lediglich aus Bequemlichkeit: Die weibliche Bekleidung ist, seit die dumme Mode der Damenhosen aufgehört hat, einladend; in dieser Jahreszeit trägt man nicht schwer daran. Ich habe bereits ein weißes Kleidchen mit roten Mustern gesehen, Rock und Jäckchen. Jedoch keinerlei Autoerotik; meine Sexualität ist mir nie abweichend erschienen, und seit einer Weile, jetzt, liegt sie überhaupt darnieder; wie sie es muß.

Wenn überhaupt jemanden, imitiere ich den großen japanischen Schauspieler Omagata, der einzig und allein Frauenrollen spielte, in Frauengewändern. Keinerlei Anzeichen bei mir von irgendeiner Gestörtheit: Mein Verstand hält sich aufrecht, präzise und unwiderlegt. Er beweist mir vor allem, daß für mich, heute, der Wahnsinn schon prinzipiell auszuschließen ist. Er zerkleinert Ereignisse und Erfahrungen, macht sie bekömmlich, hat versucht, ihnen ego-integralistische, ego-inflationistische Säfte zu entziehen. Ohne meine direkte Einmischung: Ich lasse ihn machen. Ich überschätze die Bedeutung seiner Funktionen nicht, die das individuelle Verhalten konsultativ und, letztendlich, repräsentativ beeinflussen. Bei mir und bei jedem anderen hätte ein Schuß Unverstand geradezu wohltuende, immunisierende Wirkungen; es wäre eine physiologische Abwehr wie die Antikörper.

XIX

Samt seinem intakten, bis zur Aufdringlichkeit beredten Verstand befindet sich mein Individuum in Liquidation. Mein psychisches Individuum, bien entendu. Ich bin der Ex-Mensch.

Eine Befindlichkeit, deren Wurzeln weit zurückreichen; mit zwanzig Jahren fragte ich mich: Bin ich überhaupt auf menschlichem Niveau, werde ich es je sein? Aber das war rhetorischer Pessimismus. Innerhalb einer Annäherungsspanne, eines leichten Ausschlagens nach oben oder unten, hatte ich das menschliche Niveau erreicht, und ich habe es gehalten. Zum Beispiel gab ich mir oft Tiernamen. Etwas, das ein Tier nicht tut. Bei einem Normalmenschen, der sich normaler Umstände erfreut, sind Zweifel dieser Art formal widersprüchlich; psychologisch dienen sie als Vorwand. »Ça sent la littérature.«

Und warum also Ex-Mensch, jetzt, seit dem 2. Juni?

Es gibt die naheliegende Interpretation des Typs: lebensnotwendiges Bedürfnis nach sozialem Kontext, interpersonalen Aktionen und die Konsequenzen aus deren Verschwinden. – Das war das sülzige Gerede des Soziologismus, und ich weise es sofort zurück, um mich an eine andere Interpretation heranzutasten: Der Mensch würde aufhören, wie und wann die Zeit aufgehört hat.

Man nimmt an, daß, wenn die Zeit abgeschafft ist, der Mensch als solcher seine Konsistenz verliert. Es ist eine Annahme, die nach Philosophasterei schmeckt, aber ich lehne sie nicht a priori ab, es handelt sich um keine Banalität. Doch aus welchem Grund ist die Zeit überhaupt abgeschafft und beginnt ein Jahr Null, dazu bestimmt, für immer ein Jahr Null zu bleiben? Das ist ein Gedanke, der mich, nach dem 2. Juni, manchmal heimgesucht hat, aber das Phänomen bleibt zu erklären. Wenn die Zeit Form der inneren Empfindung ist, müßte es, solange es eine »innere Empfindung«, das heißt ein bewußtes Individuum, gibt, auch die Zeit geben.

Eine poetisch-theologische Erklärung versucht Dostojewskij in den *Dämonen.* Er legt sie einer seiner Figuren, einem gewissen Kirillow, wenn ich mich recht erinnere, in den Mund; dieser sagt: »Wenn die Menschheit zur wahren Glückseligkeit gekommen sein wird, wird es die Zeit nicht mehr geben. Die Zeit wird dann tatsächlich überflüssig sein.« Die lieben Verblichenen, sind sie zur wahren Glückseligkeit gelangt? Ich würde es wünschen. Sie hätten es verdient, die Ärmsten.

Was mir sicher zu sein scheint, ist, daß ich, als Mensch, am Ende bin. Meine Existenz ist keine Scheinexistenz. Ich bin kein Gespenst, das Kognak Dos Hermanos trinkt, oder ein Kadaver, der seinen Capstan-Tabak (Navy Cut) in einer Pfeife raucht, aber ich bin nicht mehr ich selbst, nicht einmal dieses wenige, das ich war. Ich überlebe auf Grund wer weiß welcher Tricks. In einer Luftglocke oder unter einem Sauerstoffzelt. Meiner Identität beraubt und, als Gipfel der Kuriosität, fähig, mich an sie zu erinnern.

Und ebenso sicher ist es, daß ich außerhalb der Zeit stehe. Ich habe dafür eine peremptorische Bestätigung: Es stellt sich mir nicht das Problem, das ich vorausgesehen und gefürchtet hatte, das Problem der Freizeit. Ein Problem, so alt wie die Menschheit, und wahrscheinlich ihre ureigenste Sünde: sich zu fragen: »Und *danach,* was tue ich danach?« Ich frage mich das nicht. Ich bin dabei, zu entdecken, daß das Ewige, für mich, der ich es von einer Art Warteschleife aus betrachte, die Permanenz des Provisorischen ist. Die extreme Ausweitung des Augenblicks, und empirisch gesprochen heißt das soviel wie: Zustand absoluter Aufschiebbarkeit. Ich agiere, aber ich kann die Dauer der Aktion nicht veranschlagen, ich weiß nur, daß sie unkalkulierbar ist; ich stopfe mir die Pfeife, aber wann werde ich soweit sein, ein Streichholz zu nehmen und sie anzuzünden? Und werde ich überhaupt je soweit kommen?

A parte objecti ist die Ewigkeit, das wird mir klar, wenig orthodox, sie versöhnt sich gutmütig mit der Mobilität, der Nachfolge, dem Wechsel, der Morgenröte und dem Sonnenuntergang; den (vollgefressenen) Katzen, die in Horden kreischend durch die Straßen streifen und die (unzähligen) Mäuse in Ruhe lassen. Und sie birgt nicht viel Geheimnisvolles, sie tönt nicht mit Donnerworten, wie Bach es sich vorgestellt hat. Sie schließt die üblichen Schlangen parkender Autos ein, deren Batterien nur ein bißchen schwächer geworden sind, die Neonröhren, die wie gewöhnlich zwischen ihrem Chromgelb und dem Sauerstoffblau wechseln. Jeder Metaphysiker würde die Nase rümpfen, würde befinden, dies sei eine Kitsch-Ewigkeit.

Dem, der sie gewollt hat, lag offensichtlich nichts daran, als großer Regisseur zu gelten. Er hatte es nicht nötig.

Gedanken, die mir nachgehen, während ich die Stufen zum Börsenpalast hinaufsteige, zu dem Portikus, der mir vor dem strömenden Regen Schutz bieten soll. Ich bin hierher umgezogen, endgültig. In diese Stadt, die ich »Goldstadt« getauft habe. Nicht die fromme Stadt der fünfzig Kirchen; Chrysopolis.

In der Nacht zum 2. Juni ist die Logik in die Krise geraten, und seit jenem Augenblick weicht sie vom Kurs ab oder zerbröckelt Stück für Stück, aber von all den unlogischen Dingen, die ich gesehen und erlebt habe, ist vielleicht das ungereimteste, daß ich hier bin, und zwar, um hierzubleiben. Ex-Mensch, tatsächlich. Aus meiner Haut geschlüpft.

Meine Abneigung gegen diese Symbolstadt war aufrichtig und tief, nicht sozio-ideologisch, bestimmt nicht. Und sie tendierte auch nicht zum Intellektualismus ästhetischen oder naturwissenschaftlichen Zuschnitts. Die Antithese verkörperte in meinen Augen die Roßneralp, trotzdem war die Roßneralp für mich nicht das Tahiti Gauguins, das Walden Thoreaus.

Meine Aversion beruhte auf einer ernsthaften Grundlage moralischer Ordnung, sie war Mißbilligung. Spontane. Ich meine, von mir unmittelbar empfunden, Marcuse-unabhängig; wenn überhaupt, dann mit savonarolischen Anklängen oder noch wahrscheinlicher: neopietistischen. Nicht umsonst hat einer meiner Vorfahren mütterlicherseits (und ich trage seinen Namen) am Pädagogium des illustren Francke unterrichtet.

Es war ein erlittenes Gefühl, fast wortlos und entschlossen. Nicht personalisierend. Die Früherkennungs-Industrie, die Gebirgs-Autobahnen, Henriette – sie haben es nicht verschärft.

Heute wird mir klar, daß ich darauf verzichten muß. Nicht phraseologisch, nicht oberflächlich. Ohne Schutz und ohne Rückhalt.

Kurz und gut: Ich verstehe, daß ich nein sagen muß, nein sagen zu dem, was sich in dieser Mißbilligung von meinem Ich ausdrückt. Ein beträchtlicher Teil dieses Ichs stürzt ein, und für mich handelt es sich dabei um ein Erdbeben, ich übertreibe nicht. Denn schließlich entsprang die Mißbilligung auch einer Unverträglichkeit. Sie hatte organische Wurzeln.

Welle aus der Tiefe: Nachdem es so vielen Prüfungen standgehalten hat, löst sich mein Papierschiffchen schließlich auf. Das Kuriose ist, daß am Beginn dieser kleinen Katastrophe keine bewußte Entwicklung steht. Am Beginn steht, verschwommen und bereitwillig, eine Reue. Mit dem pathetischen Gepräge der Kontrition, Trost und Dankbarkeit des bußfertigen Neophyten. Mein Eifer ist echt, wenngleich passiv, meine Vorsätze sind fest, wenngleich vage (sehr vage). Ja, der einzigartige Zug dieser psychologischen *retraite* ist die Einfalt. Ich befinde mich wieder im Zustand einer vollkommenen Naivität.

Zu anderen Zeiten zog ich, kurzfristig, eine unter den Menschen jeglicher Rasse und geographischen Herkunft notwendige Solidarität in Betracht (ich nannte sie »Sozialidarität«, Sozio-Solidarität, fern von Philanthropie und Karitas), die dem Planeten der Ökonomie durch die Schrumpfung des Raums auferlegt und damit dem leeren Gepredige von Liebe und Frieden auf mystischer oder juristischer Grundlage ein Ende setzen würde. Das war vor vielen Jahren, und ich bin gebührend enttäuscht worden. Im übrigen hätte keine Sozialidarität genügt, um mich Chrysopolis akzeptieren zu lassen. Warum also akzeptiere ich es jetzt? Ein Fall von »Selbstnötigung«, unbewußt oder zumindest unmotiviert? Die sich auf eine Unterart des *acte gratuit* reduzieren würde. Ein unbesonnenes Abdriften des Papierschiffchens, das nach Chrysopolis gekommen ist, um darin unterzugehen.

Ich stehe im Trockenen, unter dem Portikus der Börse, und ziehe meine Jacke aus, um sie auszuwringen. Die Tauben und die Raben zwischen meinen Füßen fliegen lärmend auf. Raben, und zwar von der größten Art, *corvus corax,* der Unglücksvogel der Schlachtfelder. Es stimmt, irgend jemand schrieb einmal, die Börsen würden die letzten Schlachtfelder der Menschheit sein. Aber die Tauben, die mit ihnen fraternisieren? Nie etwas Derartiges gesehen.

Die Idee, Widmad zu verlassen, für das ich mich nach einem in Chrysopolis verbrachten Leben entschieden hatte, und zwar in freiwilliger Abkehr, nicht aus feiger Flucht, nicht aus bequemem Hang zum *buen retiro*, zur reinen Luft und zur meditativen Stille – wann und wie hat sie mich erfaßt? Zweifellos dachte ich an Karpinsky. An seinen Hinweis: »Nicht hier.«

Aber wenn es seine Initiative war, dann geht daraus hervor, daß sich Karpinsky gegen jede Wertskala stellt. Denn es ist klar, das Urteilen, auch in dem unvoreingenommensten Bewußtsein, impliziert am Ende die Verurteilung von etwas, von jemandem. Es gibt keine Moralität oder Gerechtigkeit, die nicht urteilt und nicht verurteilt. Aber mir wird nicht gesagt: »Du tust schlecht daran, in einer bestimmten Weise über Chrysopolis und das, was Chrysopolis verkörpert, zu urteilen.« Höchstens läßt man mich fühlen, daß ich überwinden, verleugnen muß. Mich selbst. Eine asketische *tour de force*, ein akrobatischer Akt. Die Selbstverleugnungen sind mir immer wie spiritualistische Jahrmarktsstücke vorgekommen.

Ich habe keine konkreten Beweise, daß die Initiative von Karpinsky ausgeht: Ich weiß nur, daß sie nicht von mir ausgehen kann; niemand hat in sich selbst die Motive, sich selbst zu negieren. Und außerdem: Ich sehe darin die Hand Karpinskys; höflich, weise. Er hat mich zu seinesgleichen »gearbeitet«, hat seine tiefe Kenntnis des Individuums ins Werk gesetzt. Hat den Raptus in Gang gebracht, nach einer Reihe subtiler Suggestionen.

Er wollte das erreichen (für mich natürlich, zu meinem Besten, auf so verborgene Weise, daß ich davon nicht einmal etwas gewittert habe), er wollte es, und er hat es erreicht. Und ich habe Widmad endgültig Adieu gesagt. Ich werde die Roßneralp nicht wiedersehen.

Für mich gab es, wenn ich einmal gestorben wäre, nur einen Platz, an dem ich mich gern beerdigt gesehen hätte: die Roßneralp. Um das Heidekraut und die so mageren und verlassenen Wacholderbüsche zu düngen, die mich als Kind und später freundlich empfangen hatten. Einmal, ich weiß nicht mehr warum, kam ich mit Hans darauf zu sprechen. Jetzt fällt mir, ich weiß nicht wieso, diese Episode wieder ein, lächelt von fern in meiner Erinnerung.

Hans hatte sich zwar daran gewöhnt, mich für »ein bißchen komisch« zu halten, trotzdem schüttelte er den Kopf:

Sich im Gebirge verscharren lassen, mitten zwischen diesen Felsen. Das können Sie nicht tun, Sie sind schließlich kein Hund. Das ist gegen die Vorschriften.

Ich: Man sieht, Hans, daß du einmal Gendarm warst. Ob einer lebendig ist oder tot, die Vorschriften müssen eingehalten werden.

Frieda (aus dem Fenster meines Chalets): Hören Sie nicht auf ihn. Das läßt sich schon einrichten, wenn Ihnen wirklich soviel daran liegt. Und es ist bald gemacht.

Ich: Na, daß es so bald sein wird, kann ich auch nicht garantieren.

Sie (eilfertig): In hundert Jahren sind mein Mann und ich nicht mehr da, um Ihnen zu helfen. Wenn Ihnen daran liegt, dann versuchen Sie, vor uns dran zu sein. Wieviel Kilo wiegen Sie?

Ich: Über achtzig.

Sie: Wenn es soweit ist, dann legen wir zwei Sandsäcke mit vierzig Kilo in den Sarg. Und den schicken wir in aller Ruhe ins Dorf hinunter. Sie bringen wir mit einem Maulesel hinauf, dann graben wir ein schönes Loch an der Stelle, die Sie uns bezeichnet haben, und kein Mensch merkt irgend etwas.

Die Frau liebte keine Umschweife. Ich nehme nicht an, daß ich mir viel von ihrer Zuneigung erworben hatte, aber sie war aufrichtig. Wenn ich daran zurückdenke, erfaßt mich Heimweh nach ihr, nach jener Zeit, nach meinem Dahinleben mit ihnen, gemächlich, sicher. Wohlig. Hans muß an jenem Tag ein gewisses Mitleid mit mir empfunden haben:

Warum wollen Sie ans Sterben denken? Sie sind doch noch ziemlich jung. Und freuen Sie sich nicht über die Sonne, die wir heute haben?

Es war ein strahlend blauer Tag, daran erinnere ich mich, auch wenn für uns drei alles vom dunkelgrünen Kreis der Tannen umschlossen blieb, durch den nur ein schwaches Glitzern der Karessa-Gletscher drang; jenes Nordhangs, den sie in Widmad die Himalajawand nannten. Aber Hans nahm mich zu ernst. Ich dachte nicht ans Sterben. »Ich schloß mich aus«, schon damals.

XX

Wo, wenn es mir passieren sollte (wenn es mir vergönnt wäre), würde ich jetzt meine Gebeine deponieren wollen? Im englischen Rasenbeet vor dem Hotel Esplanade?

Zunächst mußte ich jedoch ein unmittelbareres Wohnproblem lösen. Ich hätte mich gern in Teklon, auf dem Flughafen, eingerichtet. Doch Teklon war eine emotionale Entscheidung, vom Gefühl, vom Instinkt eingegeben; ich aber mußte gehorchen, erdulden. Ich dachte an die Räumlichkeiten meiner alten Zeitung, an die kleine Villa der Meggy Weiss Lo Surdo. Im übrigen gehört, paradoxerweise, die Kapitale des Kapitals jetzt ganz mir. Ihre fünfundzwanzigtausend Wohnungen sind allein für mich da.

Ich habe mich, mit unwilliger Konsequenz, für das Börsen-Restaurant entschieden. Ich schlafe – oder döse oder meditiere (ich meditiere) – auf einem Sofa neben einer Glastür, die auf den Fruchtbaren Platz hinausgeht. Den Börsenplatz, Notierungsort der Ewigkeit, der mir seit jeher bestimmt war. Der Markt der Märkte sublimiert sich, nicht widerrechtlich (scheint es), ins Übernatürliche. Die Spekulation über die »Kurse« regt zu metaphysischen, vielleicht theologischen Spekulationen an. Jedes Ding ist mysteriös, schicksalhaft und hinnehmbar, weil es absurd ist. Und an dieser Stätte mußte sich, unter anderen Formen der Reinigung und Läuterung, auch mein zu oft verschobenes persönliches *cupio dissolvi* vollziehen.

In der Praxis: Es friert mich nachts. Ich habe nur Tischtücher, um mich zuzudecken. Es fehlt mir an jeder elementaren Behaglichkeit. Ich suche mich, und das ist verständlich, irgendwie schadlos zu halten, zumindest für diese kleineren Übel. Die Speisekarte des Letzten Tages (Samstag, 1. Juni) bot zum Diner folgendes an: Rôti de porc frais

Vendôme, Fondue Bourguignonne, Homard sauce niçoise. Keine leichten Gerichte. Boshaft denke ich, daß einige der Kaufleute nach, oder unter, Verdauungsbeschwerden ins Metaphysische eingegangen sind.

Ich habe im Direktionsbüro herumgestöbert und dort zwar nicht den Rasierapparat und die Decken gefunden, die ich bräuchte, dafür aber einige Millionen. Die Tasche eines Börsenmaklers, und der Direktor hatte einen Zettel daraufgelegt: »Von Herrn... vergessen. Nur ihm persönlich auszuhändigen.« Der Inhalt: Bargeld und Wertpapiere über hohe Summen. Ein Blatt mit Notizen. »Die Leute verkaufen und verkaufen, sie erteilen nur noch Verkaufsaufträge. Man munkelt von einem drohenden Zusammenbruch, einem Börsenkrach, als ob wir den Oktober 1929 hätten. Die beigeschlossenen Wertpapiere gehören den Kundinnen...« (Vor- und Nachname). »Sie bestanden darauf, sie mir sofort zu übergeben. Und dabei ist es Samstag. Zum Teufel mit den hysterischen Weibern.«

Sollte der Wunsch in Erfüllung gegangen sein? Der Zusammenbruch der »Werte« hat jedenfalls stattgefunden, und zwar gründlich. Die Kundinnen hatten eine gute Nase, da gibt es nichts zu sagen. Was die Papiere und das Geld betrifft, so gehören sie jetzt rechtmäßig mir, ich bin der universale Erbe. Mit beschränkter Erbenhaftung: Ich werfe das Altpapier auf die Straße zum Vermodern.

Und ich gestatte mir ein paar winzige Protestaktionen. Ich kann mir das erlauben; an geistlichen Übungen habe ich schließlich genug absolviert und tue es immer noch. Gestern, als ich den Gehsteig verließ, stieß ich auf einen kleinen Cockerspaniel, verendet an Hunger oder an Traurigkeit. Ein winziges Tierchen. Ich habe es vorsichtig aufgehoben (es stank) und in den »Dauerschalter« des Crédit International geschoben. Gleich an der Ecke der Börse.

Danach habe ich mir eine Standpauke gehalten. Man verlangt von dir, daß du dich versöhnst, kapierst du das nicht? Du hast die Diebe und die Dirnen nicht verurteilt. Verurteile auch die Kaufleute nicht.

Ich schlendere durch die Stadt.

Mit Trauer erkenne ich (ich, der Reaktionär) die Orte wieder, an denen sich – in den Zwischengeschossen, in den Hinterhöfen – die Parteigänger ohne Partei, die Protestler des Ultraprotests verkrochen hatten. In dem Ghettoviertel, in das die verdächtigen Arbeiter aus dem Süden verbannt waren, auf den Quais, im Zentrum. Die Anarchisten, ironischerweise, auf dem Paradeplatz.

Die radikalste dieser aufrührerischen Faktionen hauste in einem Kellergeschoß neben dem Bahnhof, und sie forderte den Verzicht auf Nachwuchs. Es gibt immer noch ein Spruchband – und es schleift auf dem Gehsteig –, das mit kühner Naivität fordert: »Wenn ihr *Männer* seid, laßt euch sterilisieren!« Im allgemeinen waren die Embleme, die Plakate umstürzlerisch und bescheiden, sie drohten mit eher harmlosen Palingenesien.

Es kann sein, daß mein Karpinsky solche Gruppen frequentierte. Es kann sogar sehr gut sein. Sie paßten zu ihm. Seine Person war so etwas wie eine stille Anklage.

Aber jetzt? Ich hoffe nicht, daß er sich auf einem dieser Balkone in der Gasse zeigen wird, die ich hinter dem Hotel Baur auskundschafte. Dort hängt ein verblaßtes und prophetisches Tuch herunter: »Kapitalisten, es ist aus!«

Ich hoffe nicht. Dennoch, ich bin nach Chrysopolis gekommen, um ihn zu sehen (meine erste bewußte Begegnung mit ihm), und ich fühle, daß ich ihn sehen werde. Wirklich und gegenwärtig. Aufrecht in seinem weißen Kittel, der auf der Brust, dort, wo er getroffen wurde, blutbefleckt ist. Mit ausgebreiteten Armen. Doch den Kopf geneigt wie damals, als er mir, ans Fenster gelehnt, in meinem

Zimmer zuhörte; und unter dem Kittel werden die zerknautschten Hosen herausschauen.

Er wird nicht reden. Unnütz, ihn zu fragen, wie ich ihn in der Klinik gefragt habe: »Wollt ihr mich noch hierbehalten? Bin ich nicht geheilt?« Denn er kommt nicht, um Zweifel auszuräumen, um sich in Ankündigungen zu ergehen. Er ist der kleine, schlichte Mann von damals. Er kommt lediglich, um mich aufzusuchen, und er ist schon unterwegs. Das ist eine Gewißheit, nicht eine bloße Erwartung, und sie befreit mich von jeder Ungeduld.

Ich sitze auf einer Alleebank und betrachte das Leben, das sich in dieser merkwürdigen Ewigkeit unter meinen Blicken vorbereitet. Die Luft ist klar, von einer geradezu kompakten Feuchtigkeit. Rinnsale schießen herab (in der Oberstadt werden die Gullys verstopft sein), fließen auf der Allee zusammen und haben, Tag um Tag, eine dünne Erdschicht über den Asphalt gebreitet. Nicht viel mehr als ein Schleier, und doch grünt und wächst bereits etwas, und zwar nicht das übliche städtische Gräslein; es sind Wildpflanzen. Der Markt der Märkte wird sich in eine Wiesenlandschaft verwandeln. Mit Hahnenfuß und blühender Wegwarte.

In der Tasche habe ich, für ihn, ein Päckchen Gauloises.

Guido Morselli
Liebe einer Tochter

Roman
Aus dem Italienischen von Arianna Giachi
Gebunden

»›Liebesromane‹ dieser Art erhalten ihre irritierende Intensität weder aus ›Handlung‹ noch ›Sujet‹, noch aus der Erzählstruktur, sondern allein aus der ›Haltung‹ des Autors, und es fallen einem sofort die eigenen Vorlieben dieses Genres von Italo Svevo bis Julien Green ein: die Pathologie der Selbstbeobachtung und Selbstversenkung, die, auf die Spitze getrieben, den Leser an dem Wunder der Versprachlichung noch der verborgensten seelischen und körperlichen Prozesse teilnehmen läßt.« *Michael Krüger, Die Zeit*

Guido Morselli
Rom ohne Papst

Römische Berichte vom Ende des zwanzigsten Jahrhunderts
Aus dem Italienischen von Arianna Giachi
Gebunden

»*Rom ohne Papst* ist eine theologische Utopie, die die Ewige Stadt im Jahr 1997 schildert: Der Papst hat sich aus dem Vatikan in die Albanerberge zurückgezogen. In dieser Utopie findet man keine Spur der ingeniösen, aber blutleeren Konstruktionen, die dieses Genre oft so langweilig machen; Morsellis Spekulationen bleiben stets angenehm präzis, konkret und beschränken sich strikt auf die Perspektive des Subjektiven und Bezweifelbaren.« *Alice Vollenweider, Frankfurter Allgemeine Zeitung*

Salvatore Satta
Der Tag des Gerichts

Roman

Aus dem Italienischen von Joachim A. Frank

Gebunden

»Die Melancholie dieses Romans ... hat eine lyrische Vibration. Unbeweglichkeit und Dramatik, Zustand und Ereignisse verbinden sich zu einem Rhythmus, der sich schwer charakterisieren läßt, aber dessen Zauber der wahre Grund des großen Erfolges sein mochte ... Man möchte hoffen, daß dieses in jeder Hinsicht unvergleichbare Buch, das wie absichtslos und doch mächtig zur Bewältigung vieler Gestalten drängt, auch hier die Aufmerksamkeit finden wird, die es verdient, und die lohnt.«

François Bondy,
Rheinischer Merkur/Christ und Welt

Alberto Savinio
Neue Enzyklopädie

Aus dem Italienischen von Christine Wolter
Gebunden

»Ich bin so unzufrieden mit den Enzyklopädien, daß ich mir diese hier für meinen persönlichen Gebrauch geschrieben habe. Arthur Schopenhauer war so unzufrieden mit den Philosophiegeschichten, daß er sich eine eigene für seinen persönlichen Gebrauch schrieb.« *Alberto Savinio*

»Mit seiner *Neuen Enzyklopädie* hat Alberto Savinio einen frischen Zug in unsere Denkkammern gebracht, unserer Optik eine neue Perspektive gegeben und uns ermuntert, geistig zu neuen Horizonten aufzubrechen – und sei es auch zurück in die Vergangenheit.« *Thomas Terry, Der Tagesspiegel*